난 엉망이야

난 엉망이야

초판 1쇄 발행 2024년 2월 2일

지은이 에이나트 차르파티
옮긴이 성소희
펴낸이 서재필
책임편집 김현서

펴낸곳 마인드빌딩
출판신고 2018년 1월 11일 제395-2018-000009호
전화 02)3153-1330
이메일 mindbuilders@naver.com

ISBN 979-11-92886-35-0 (03890)

• 책값은 뒤표지에 있습니다.
• 잘못된 책은 구입하신 곳에서 바꿔드립니다.

마인드빌딩에서는 여러분의 투고 원고를 기다리고 있습니다. 출판하고 싶은 원고가 있는 분은
mindbuilders@naver.com으로 기획 의도와 간단한 개요를 연락처와 함께 보내주시기 바랍니다.

어질러진 인생을 위한 엉망 관리법

난 엉망이야

I'm A Mess

에이나트 차르파티 글·그림

성소희 옮김

마인드빌딩

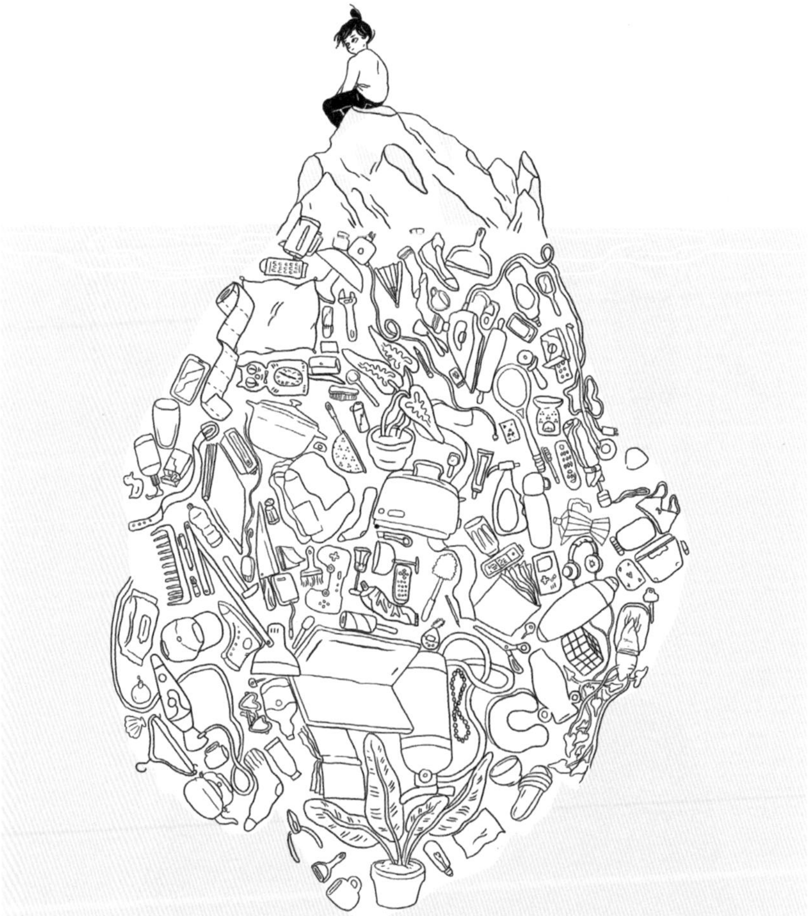

이 책을 작업하면서 수수께끼처럼 신기한 사실을 하나 알게 됐다. 사람들은 거의 누구나 자기 자신을 지저분하고 어수선하고 덜렁대는 사람으로 여긴다는 사실이었다. 달력에다 주간 일정을 꼼꼼하게 정리하는 사람도, 지난 2년 동안 집 열쇠를 잘 간수한 사람도, 아침 시리얼이 눅눅해지지 않도록 밀폐 용기에 담아서 보관하는 사람들도 어김없이 그랬다.

타고나기를 엉망진창인 나는 깜짝 놀랐다. 아니, 시리얼을 밀폐 용기에 따로 보관하는 사람들이? 하지만 다들 그렇게 느낀다는데 내가 뭐라고 말할 수 있을까(게다가 가끔은 가장 체계적으로 보이는 사람이 가장 엉망인 사람이기도 하다).

누구나 마음속에 스스로 엉망인 사람 같다는 생각을 품고 사는 건, 안정과 질서를 추구하는 인간의 기본 욕구 때문이 아닐까? 그 누구도 안정과 질서를 보장해주지 못한다는 사실도 한몫하겠지. 물론, 나와 대화했던 사람들이 엉망인 나를 배려해서 공감해준 것일 수도 있겠다.

이 책을 쓰는 동안 원고를 두 번 날려먹었다(첫 번째는 종이에 개요를 짜다가, 두 번째는 컴퓨터 하드 디스크에서). 이렇듯 엉망진창에 관한 정보를 질서정연하게 정리하는 일은 내게 쉬운 작업이 아니었다는 걸 모두 이해할 수 있을 거다.

엉망진창에는 다양한 측면이 있다. 엉망은 사소하고 평범하지만, 때때로 심원하고 심각할 수도 있다. 그래서 이 책에 실은 정보가 모두 100% 정확하다고 장담할 수는 없다. 내가 엉망의 사소한 영역에 빠져들어 길을 잃지 않았다거나, 그 혼돈에 휩쓸리지 않았다고 큰소리칠 수도 없다.

사실 이 책은 여러분이 엉망에서 벗어나거나 엉망을 체계적으로 설명하는 데 아무런 도움이 되지 않을 거다. 하지만 책을 다 읽고 나면 세상에서 나 혼자만 엉망이 아니라는 사실을 깨닫게 될 거다.

에이나트

목차

01

엉망인 게
왜 문제야?

사람들은 엉망으로 태어난다.

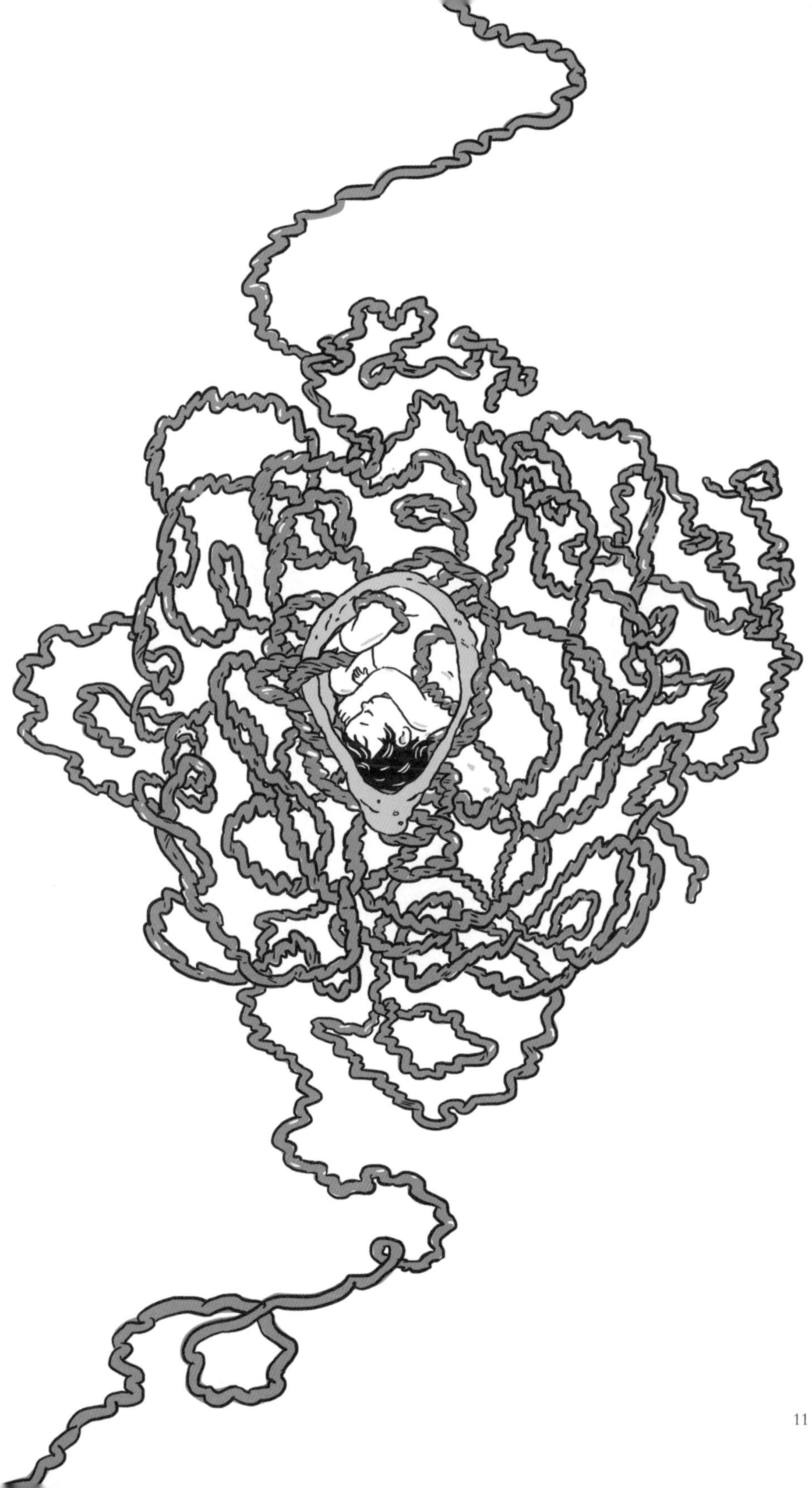

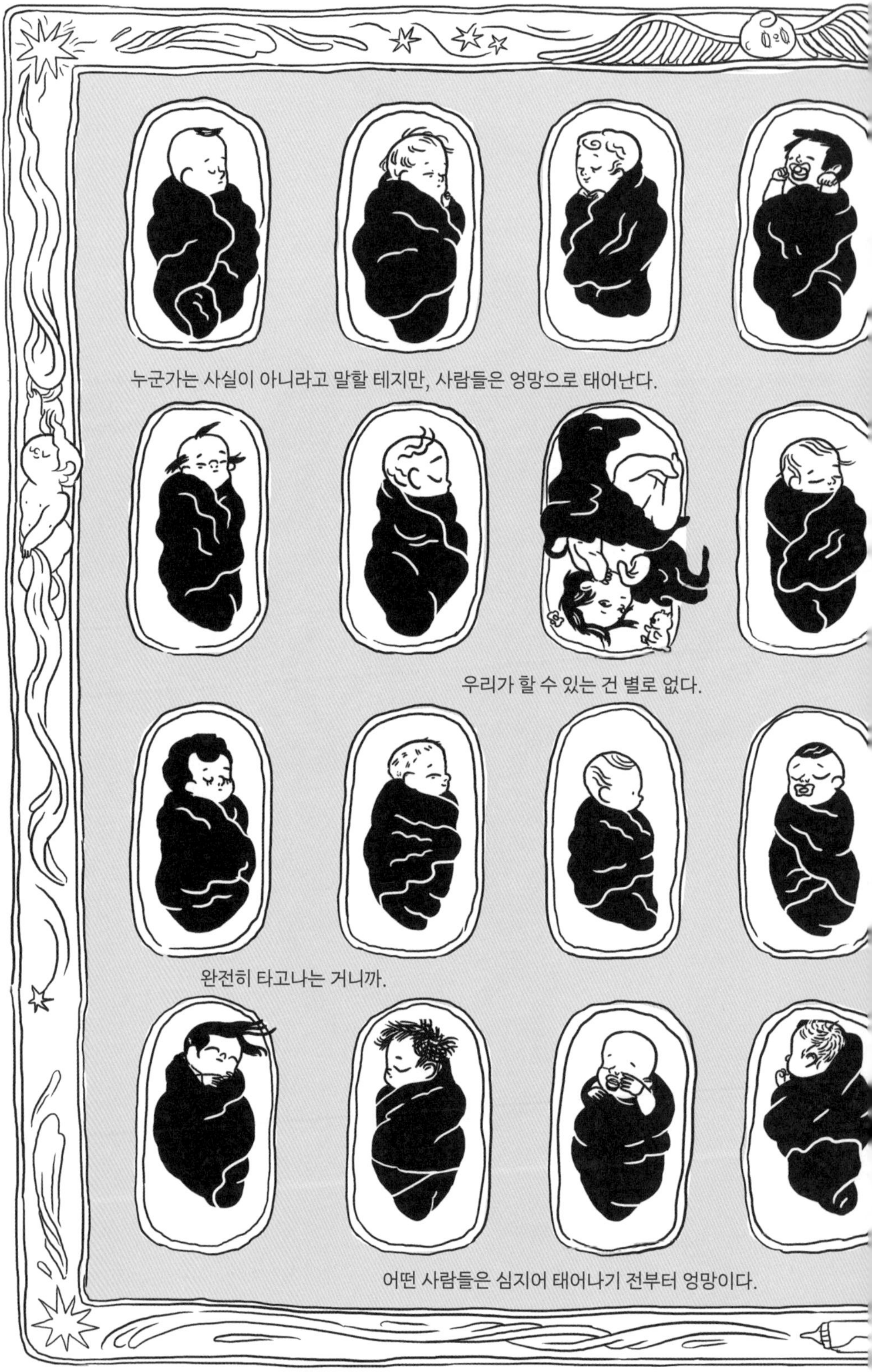
누군가는 사실이 아니라고 말할 테지만, 사람들은 엉망으로 태어난다.
우리가 할 수 있는 건 별로 없다.
완전히 타고나는 거니까.
어떤 사람들은 심지어 태어나기 전부터 엉망이다.

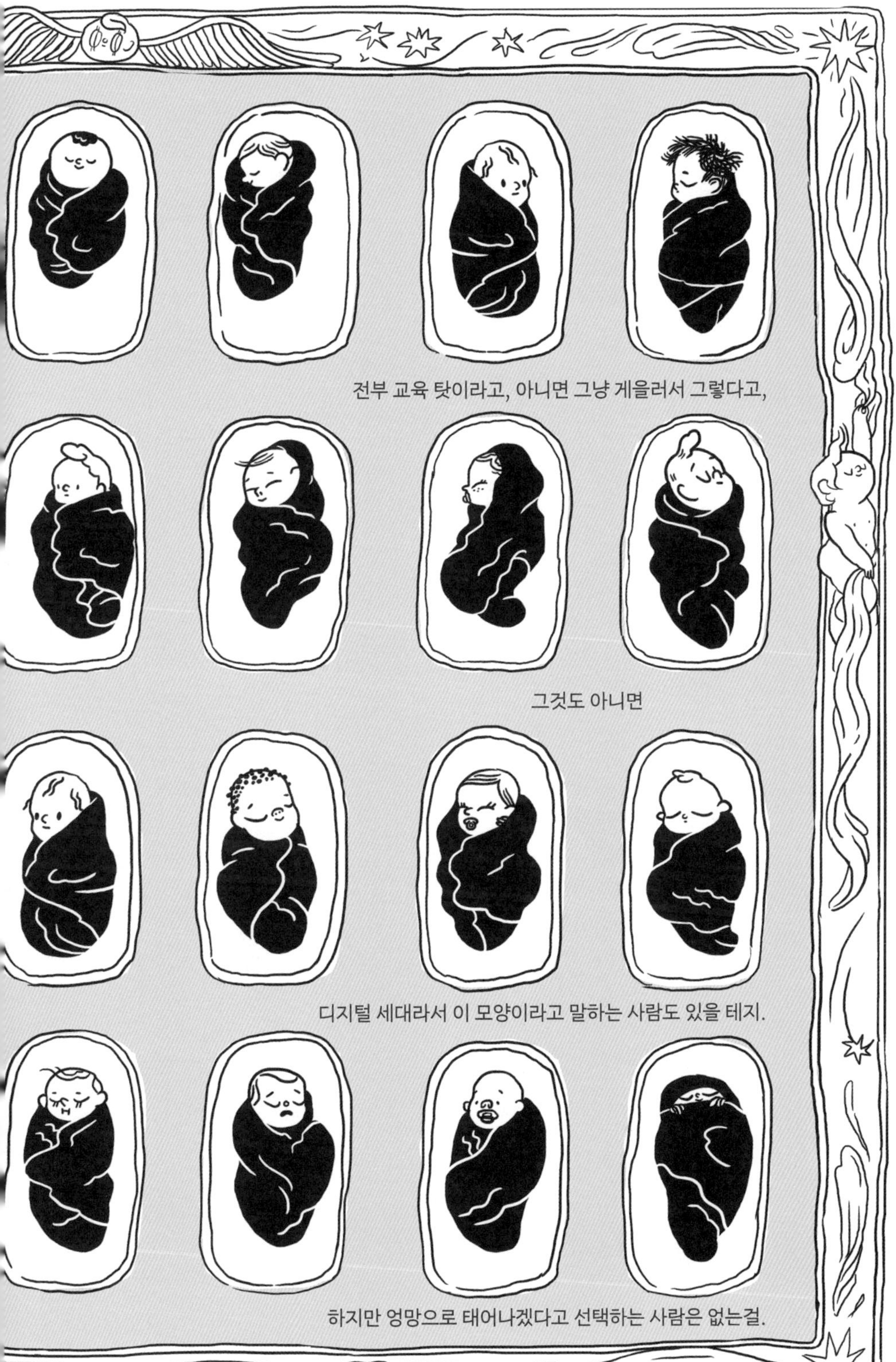
전부 교육 탓이라고, 아니면 그냥 게을러서 그렇다고,
그것도 아니면
디지털 세대라서 이 모양이라고 말하는 사람도 있을 테지.
하지만 엉망으로 태어나겠다고 선택하는 사람은 없는걸.

심지어 사람들은 엉망인 자들이 스스로 엉망으로 태어나지 않았기를 바란다고 생각할지도 모르겠다. 엉망인 사람들은 평균적으로 정리정돈하겠다는 다짐을 일 년에 적어도 15번은 한다…. 그러니까 다음 주부터.
올해는 유모차 바깥으로 이것저것 떨어뜨리지 않을 거야.
올해는 향기 나는 형광펜을 잃어버리지 않을 거야.
올해는 우정 팔찌를 잘 간직해서 친구랑 싸우지 말아야지.
올해는 공책에다 물을 엎지르지 않을 거야.

올해는 일기장에다 할 일을
빠짐없이 써둘 거야.
올해는 구글 캘린더에
모조리 적어놓을 거야.
그러니까 엉망인 사람들은 살면서
1,275번 실패하고 때마다
자기 자신에 대한
믿음을 조금씩
잃어갈 운명인
셈이다….
올해는
안경을
잃어버리지
않을 거야.
올해는 진짜로 안경을
잃어버리지 않을 거라니까!

엉망인 아이로 성장하기란 간단하지 않다.
엉망인 아이를 키우기도 역시 수월하지 않다.
역사가 밝아오던 순간부터 부모들은 엉망인 아이가 골칫거리라는 사실을 이해했다. 인신 공양 관습이 한물간 후로는 아이들에게 적어도 자기 방은 직접 치워야 한다고 애써 타일렀다.

메리, 네 방에서 간식을 먹으면 안 된다고 했잖니! 대체 왜 방바닥에 케이크 부스러기가 잔뜩 떨어져 있는 거니?
그렇게 빈둥거리라고 돈을 대주는 줄 아니! 이러면 한 푼도 못 줘….
당연히 아무것도 소용없었다.
아이들과 엉망은 원래 떼려야 뗄 수 없으니까.

엉망은 그 누구에게도 어떤 식으로도 도움이 되지 않지만,
로맨틱 코미디 영화만은 예외다.
영화에서는 덜렁거리지만 매력적인 주인공이
엉성하지만 매력적인 가방을 바닥에 떨어뜨리며
와르르 물건을 쏟는 순간 소울메이트를 만난다.

하지만 꽤 확신하는데, 내 가방에서 물건이 와르르 쏟아진다면
누구도 자신의 운명을 나와 엮으려고 하지 않을 거다. 오히려 정반대겠지.
그렇다고 정리정돈을 잘하는 체계적인 사람이 되고 싶은 것은 아니다.
그저 엉망인 사람으로 지내는 데 지쳤다고나 할까. 나는 아주 오래전부터
엉망이었다. 경험에서 우러난 말인데, 진짜 악몽이다.

우선, **물질적인 면**에서 그렇다.
엉망인 사람들은 무엇이든
잔뜩 모을 일이 별로 없다.
툭하면 잃어버리거나,
어디에 뒀는지 잊어버리거나,
버스에 두고 내리기 일쑤니까.

평균적으로 사람들이 평범한 한 해에 잃어버리는 물건은 이렇다.

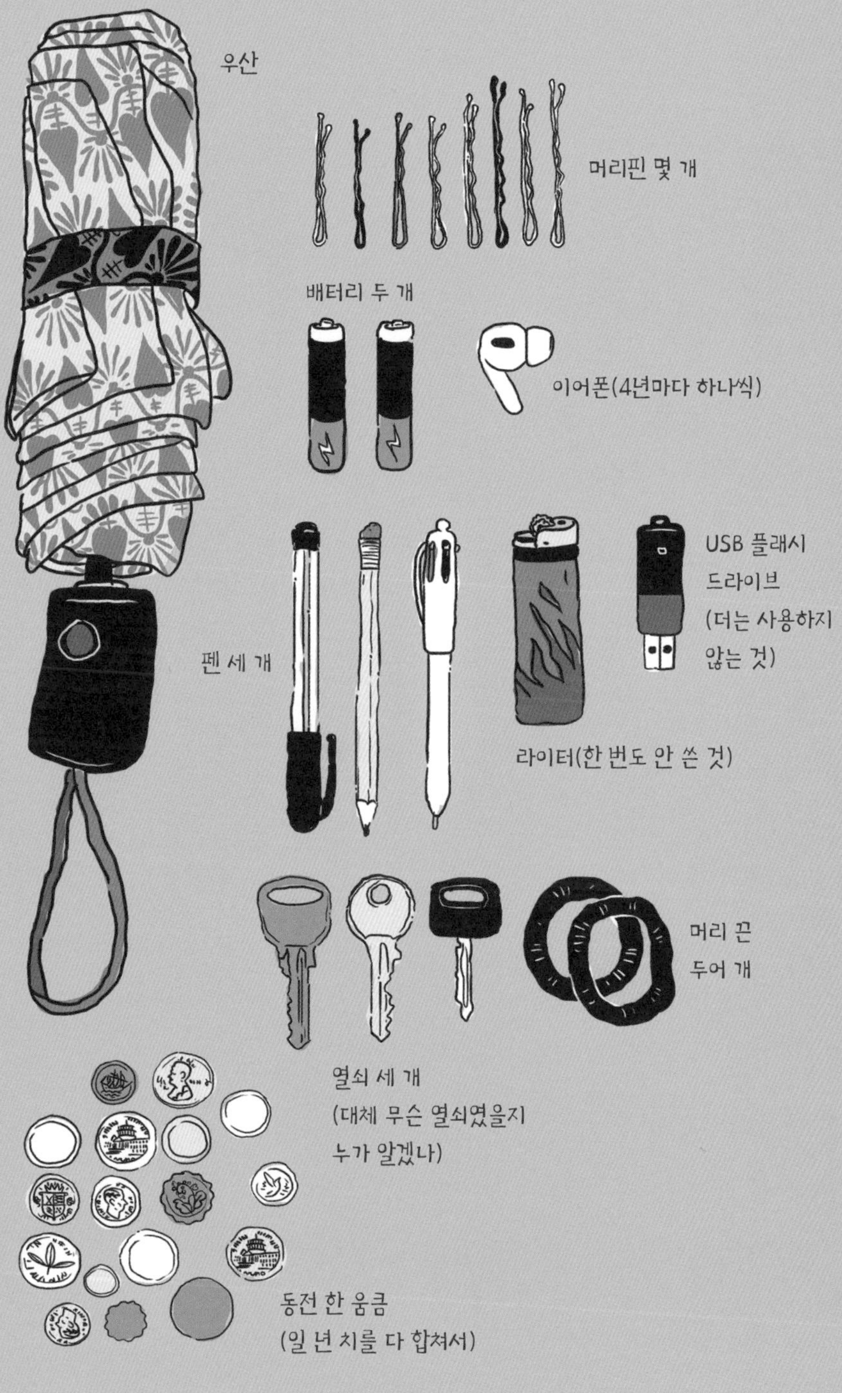

그렇다면 엉망인 사람들이
단 두 달 만에 잃어버리는
물건은 무엇일까.

충전기 두 개, 다이아몬드 반지 하나, 아동용 샌들 한 짝, 핸드백 하나, 지갑 세 개, 신용카드 두 장(잃어버린 지갑에 들어 있던 카드가 아니다-앞 항목을 참조할 것). 카드 하나는 코트 주머니에, 다른 하나는 휴대폰 케이스에 넣어놨다. 그때는 그게 괜찮은 생각 같았는데 말이지. 또 휴대폰 두 개(케이스에 카드를 넣어두었다던 그 휴대폰이 아니다. 그건 또 다른 이야기다), 오른쪽 양말 두 개, 왼쪽 양말 세 개(잃어버린 오른쪽 양말과 짝이 맞는 것도 아니다), 족집게 하나, 자전거 열쇠 여러 개, 일기장 열쇠 여러 개, 수학 공책, 우산 다섯 개, 머리핀 1,000개, 이어폰 세 개(같은 세트 아님), 머리 끈 두어 개, USB(사용 중이었음), 동전 400달러어치, 라이터 하나(역시 사용 중이었음), 건전지 12개.

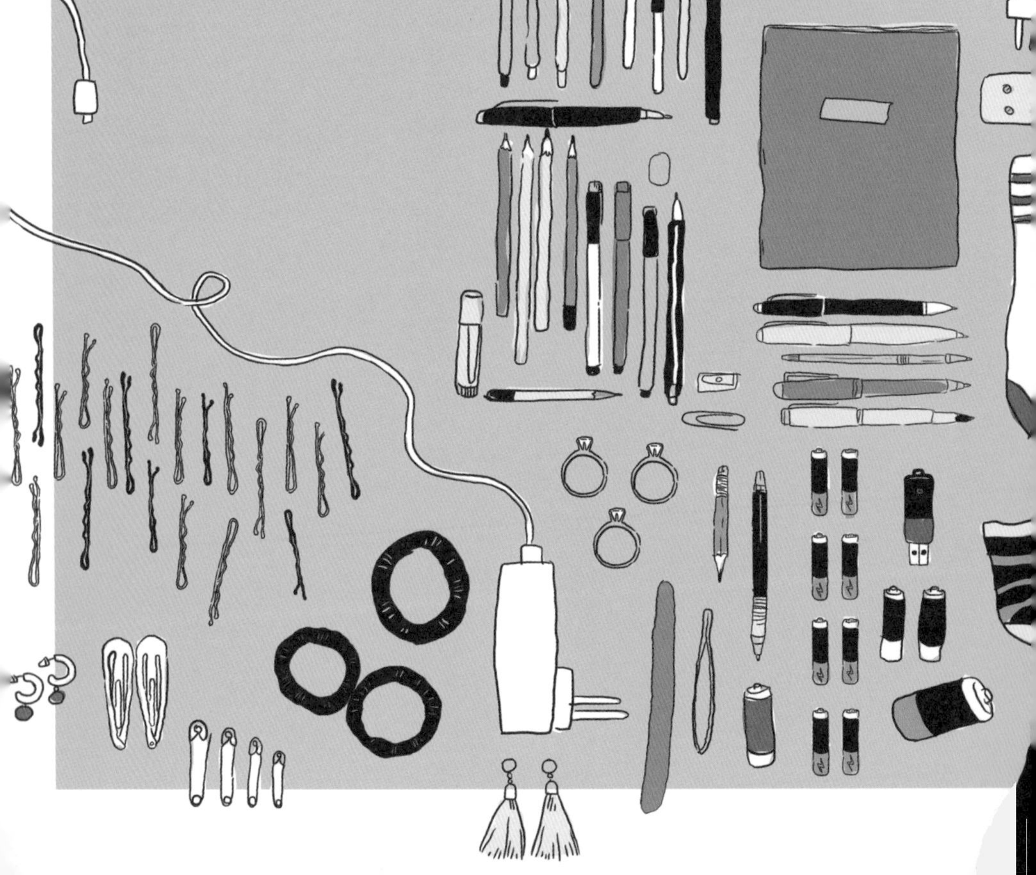

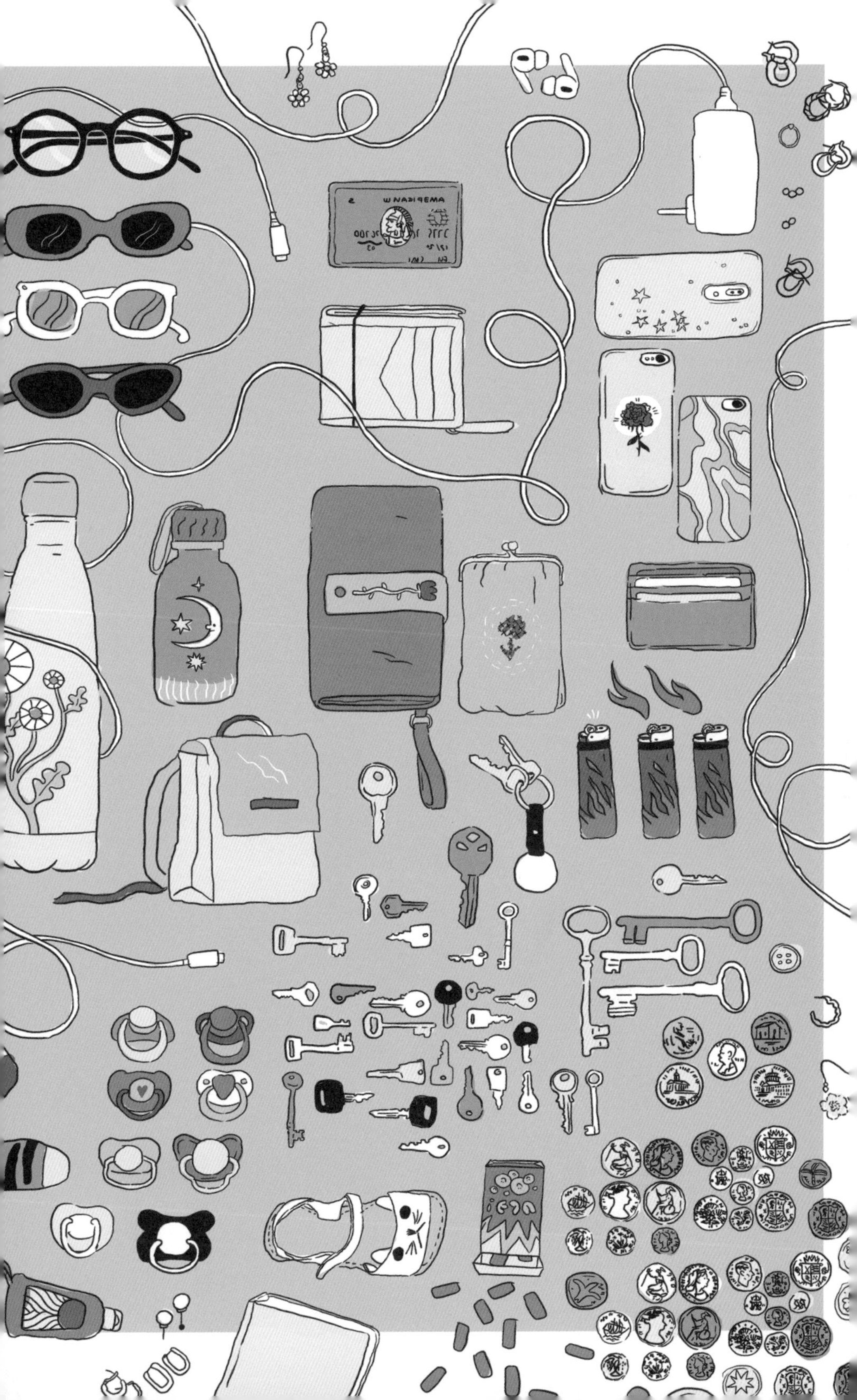

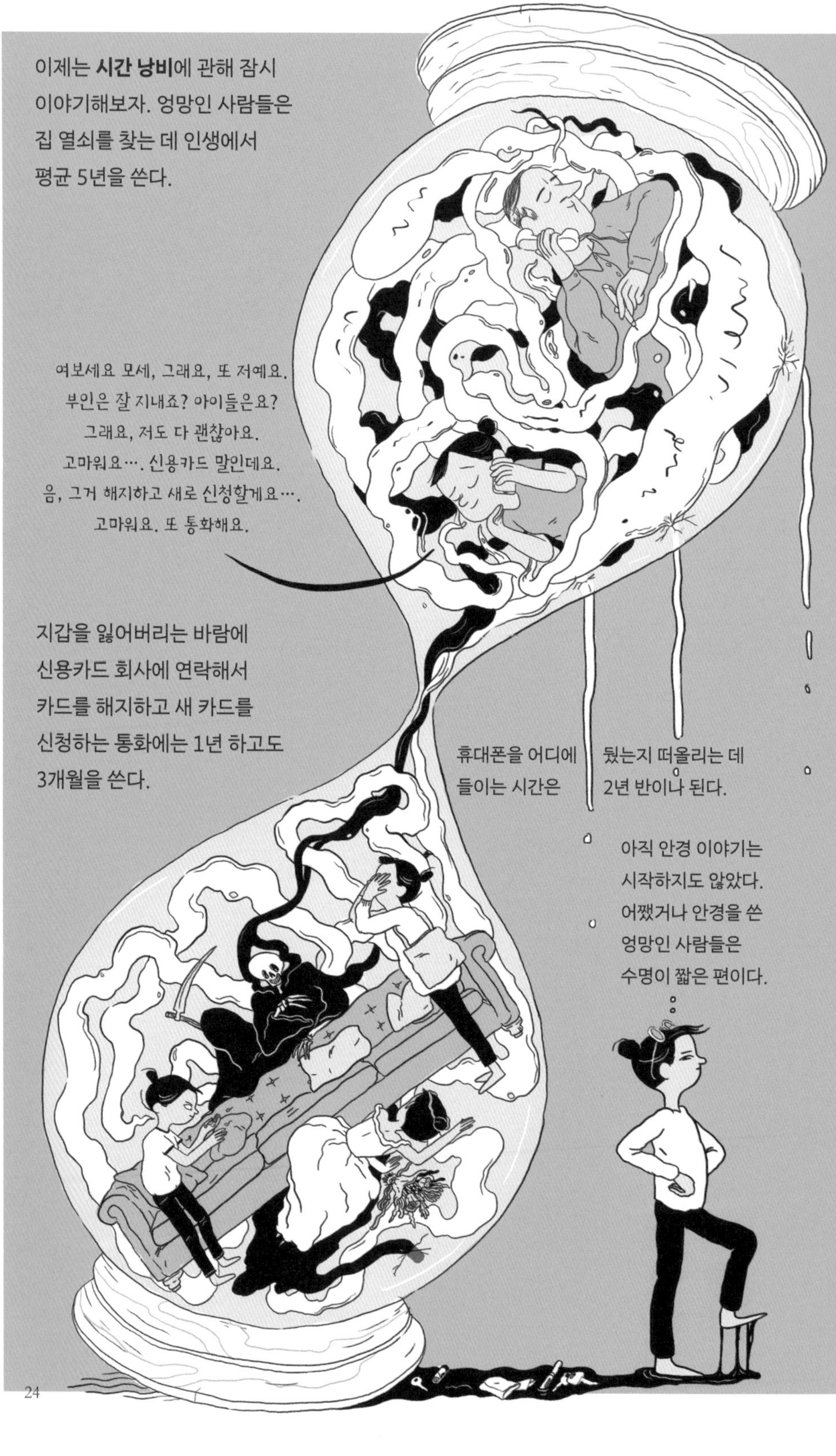
이제는 **시간 낭비**에 관해 잠시 이야기해보자. 엉망인 사람들은 집 열쇠를 찾는 데 인생에서 평균 5년을 쓴다.
여보세요 모세, 그래요, 또 저예요. 부인은 잘 지내죠? 아이들은요? 그래요, 저도 다 괜찮아요. 고마워요…. 신용카드 말인데요. 음, 그거 해지하고 새로 신청할게요…. 고마워요. 또 통화해요.
지갑을 잃어버리는 바람에 신용카드 회사에 연락해서 카드를 해지하고 새 카드를 신청하는 통화에는 1년 하고도 3개월을 쓴다.
휴대폰을 어디에 뒀는지 떠올리는 데 들이는 시간은 2년 반이나 된다.
아직 안경 이야기는 시작하지도 않았다. 어쨌거나 안경을 쓴 엉망인 사람들은 수명이 짧은 편이다.

물론 엉망인 사람이라고 해서 다들 하나같이 똑같지는 않다.
하지만 누구 하나 빠짐없이 중요한 물건(지갑, 휴대폰, 안경, 열쇠)을 자꾸만 잃어버리는 것은 맞다.
어쨌거나 엉망인 사람들이 잃어버린 물건을 찾을 때 저마다 다른 기술을 발휘한다는 사실에 주목하자.

엉망인 사람들이 열쇠를 찾는 기술:

여유만만 신공: 차분함을 잃지 않은 채 열쇠 제까짓 게 별수 있겠냐는 식으로 도도하게 굴면 열쇠가 알아서 돌아오리라고 믿는 사람들이 펼치는 기술이다.

육체 활동: 뜨거운 감정으로 벅차오른 몸짓을 선보이며 극적인 수색 활동을 벌이면 빠르게 열쇠를 되찾을 수 있다고 확신하는 사람들이 이 기술을 선보인다.

형이상학적 방법론: 이 모든 일은 다 네가 쌓은 업보 탓이니라. 긍정적인 에너지로 열쇠를 소환한다면, 온 우주가 열쇠를 주인에게 되돌려 보낼 방법을 찾아낼 것이야.

야단법석 신공: 이 기술을 사용하는 사람들은 정글에서 야생 동물을 사냥하는 것처럼 수색에 나선다. 자그마한 소리만 들려도 바닥에 납작 엎드린다. 열쇠가 다른 물건 밑에 몸을 숨기고 있는지 확인할 때는 반드시 눈 깜짝할 새에 기습한다. 혹시 열쇠가 도망갈지도 모르니까.

물론 이 기술들 가운데 실제로 효과 있다고 증명된 것은 하나도 없다.

그런데 사실, 최악은 끝을 모르는 불안감이다. 이 불안감 때문에 엉망인 사람들은 진짜로 우울해진다. 그 모든 엉망과 어수선함 때문에 이 세상에서 나의 길을 찾으려고 분투하는 내내 불안하다. 비록 집까지 가는 길은 어찌어찌 찾아냈어도, 열쇠를 깜빡한 탓에 집안에 들어가지 못한 채 어쩔 수 없이 문밖에서 오도 가도 못할 수도 있다는 바로 그 느낌.

HELLO

덜렁거리는 어린이였던 시절,
내가 가장 겁냈던 일 중 하나는 책가방 정리였다.
어른이 되고도 변함없이 엉망인 지금도 여전히 싫다.
(그래서 내가 가방이 그렇게 많은 거다.)
가방은 엉망인 사람의 온 세상이
고스란히 담긴 끈 달린 소우주라고 할 수 있다.
엉망인 사람의 안팎을 온전히 비추는 거울이기도 하고.

엉망인 사람들은 가방 속
열쇠 찾기처럼 간단한 일을
할 때도 긴장과 불안을 느낀다.
가방 안에 손을 넣을 때면
어쩐지 마술사가 되어
모자 안에 손을 넣는 기분이다.
가방에 넣어두고 깜빡 잊은 복숭아가
그대로 있을까? 뭐, 어젯밤에 누가 와서
슬쩍 가져갔을 리는 없으니까.
그래도 찰나의 순간이나마
희망이 있다는 느낌이 든다.

앞으로 무슨 일이
벌어질지 확신할 수 없다.
물론 세상에 마법 같은 건 없다는 걸 잘 알지.
흠 그런데 가방에 열쇠는 없고…,
복숭아만 있네.

하지만 가끔은 열쇠를 찾느라 가방 안에
손을 넣었을 때 놀랍게도 열쇠가 나온 적이 있다!
그럴 때면 정말 마법처럼 느껴진다.

나는 이 가이드북을 통해 엉망인 사람이 마법처럼
체계적인 사람으로 거듭날 수 있다고 주장하려는 게 아니다.
그 대신 우리가 요령 몇 가지와 기적 몇 번으로
이 혼돈을 용케 헤쳐 나갈 수 있다는 사실을 보여주겠다.

02

너도 엉망이야?

여러분은 지금쯤 "나도 지저분한 사람일까?
그렇다면 얼마나 심각한 걸까?" 하고 속으로 궁금해할 것이다.
혹시 소파에 둥지를 튼 빨래 더미에 누워서
이 질문을 곱씹고 있다면, 고민할 것도 없다.
하지만 자신이 정말 엉망인지, 또 얼마나 어수선하고 지저분한지
확실히 알고 싶은 사람을 위해 이번 장을 준비했다.

1단계

나는 얼마나 지저분한 걸까?

우리 일상에는 언뜻 사소해 보이지만,
사실 우리 영혼을 보여주는 다섯 가지 창이 있다. 이 창 너머를
들여다보며 우리가 얼마나 심각하게 엉망인지 평가해보자.

쓰레기통
빗자루
가방
옷장
수건

1. 수건을 얼마나 가지고 있습니까?

a. 많이. 손으로 짠 라탄 바구니 안에 향기로운 포푸리와 함께 가지런히 넣어두었다.

b. 수건? 용도별로 두어 개 정도.

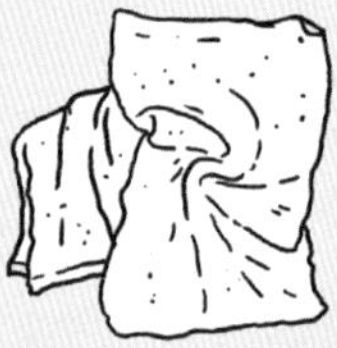

c. 부모님 댁에서 가져온 커다란 샤워 수건 하나랑 예전 룸메이트가 두고 간 작은 수건 하나.

---

2. 수건은 용도별로 크기가 다릅니까?

a. 온몸을 감쌀 수 있는 대형 수건과 목욕할 때 쓰는 중간 크기의 수건, 머리를 말릴 때 쓰는 긴 수건이 따로 있다. 손을 닦는 작은 수건 역시 어린이용과 어른용을 각각 마련했다. 마지막으로 비데용 미니 수건도 있다.

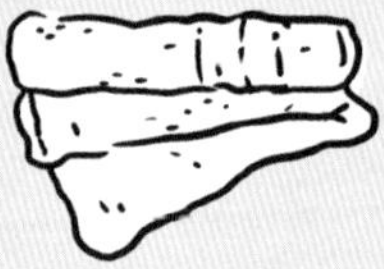

b. 대, 중, 소.

c. 수건은 딱 하나뿐인데.

---

3. 샤워 후에는 수건을 어떻게 하십니까?

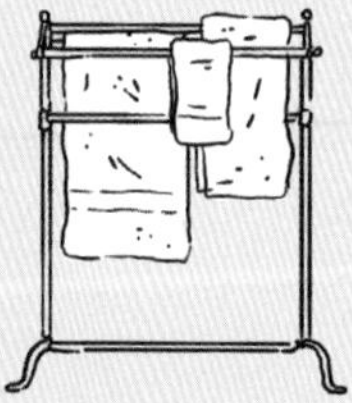

a. 당연한 걸 왜 묻지? 가열식 전기 수건걸이에 널어서 말린다.

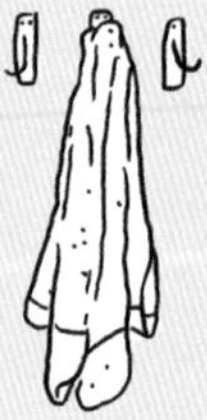

b. 걸어둔다.

c. 옷을 꺼내 입고 바닥에다 자유롭게 널브러뜨려 놓는다.

4. 수건을 마지막으로 세탁한 지 일주일이 지났습니다. 어떻게 하시겠습니까?

a. 방금 막 수건을 건조기에서 꺼낸 참이다. 알맞은 세제와 섬유 유연제로 세탁한 후 건조기에 넣고 돌렸더니 따스하고 보송보송 푹신하다.

b. 몇 번만 더 쓴 다음에 빨아야겠다.

c. 옷을 꺼내 입는 바로 그 지점의 바닥에서 주워 문고리에 걸어둬야지.

---

5. 행주가 있습니까?

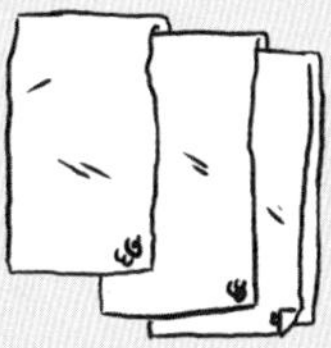

a. 당연하지. 유기농 순면으로 만든 건데, 모서리에는 내 이니셜도 수놓았다.

b. 있다. 세 장짜리 묶음으로 샀다.

c. 있다. 예전 룸메이트가 두고 간 작은 수건을 행주로 쓴다.

---

6. 보너스 질문 : 스포츠용 수건이 있습니까?

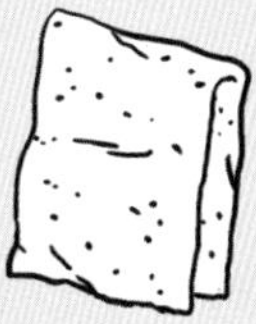

a. 물론이다. 스포츠 브랜드에서 나온 제품인데 극세사 소재라서 빨리 마른다.

b. 있다. 중간 크기에 검은색이다.

c. 예전 룸메이트가 두고 간 행주를 쓴다.

1. 가지고 있는 빗자루는 어떤 종류입니까?

a. 인체 공학 디자인을 적용한 최첨단 빗자루. 머리카락이 잘 들러붙지 않는 소재가 고무로 된 마이크로파이버에 코팅되어 있다.

b. 그냥 평범한 빗자루.

c. 이 아파트로 이사할 때 예전 거주자가 쓰던 낡디낡은 빗자루를 그대로 물려받았다. 아마 원래는 굴뚝 청소부가 쓰던 빗자루였지 싶다.

---

2. 얼마나 자주 비질합니까?

a. 아침저녁으로 한 번씩 쓸고, 필요할 때마다 또 비질을 한다.

b. 이틀이나 사흘에 한 번 정도.

c. 와르르 엎지른 설탕 때문에 방바닥이 개미 떼로 뒤덮이면.

---

3. 바닥을 청소하는 특별한 기술이 있습니까?

a. 천천히, 차분히 먼지를 쓸어 모은다. 일본식 젠 가든에서 갈퀴로 모래를 훑는 것처럼.

b. 쓰레기통을 향해 한쪽 끝에서 다른 쪽 끝으로 먼지를 쓸어 모아 간다.

c. 빗자루를 아무렇게나 휘둘러서 먼지를 사방팔방으로 퍼뜨린다.

4. 쓰레받기에 먼지를 쓸어 모을 때면 꼭 쓰레받기 가장자리에 먼지가 한 줄로 남습니다. 어떻게 하겠습니까?

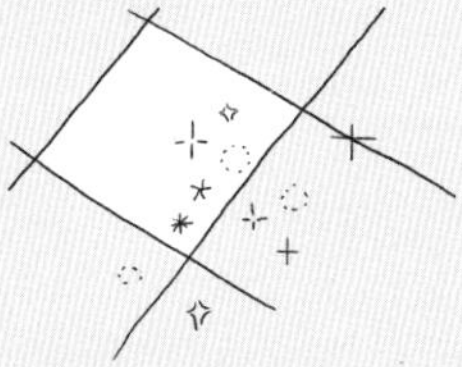

a. 먼지가 남는다고?

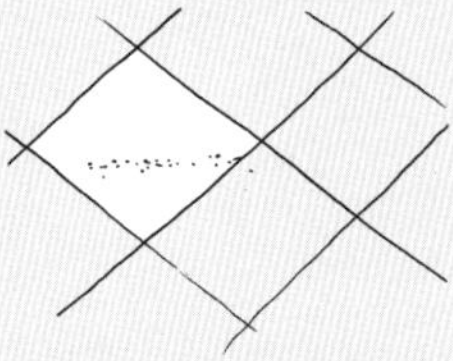

b. 다시 쓸어야지 뭐.

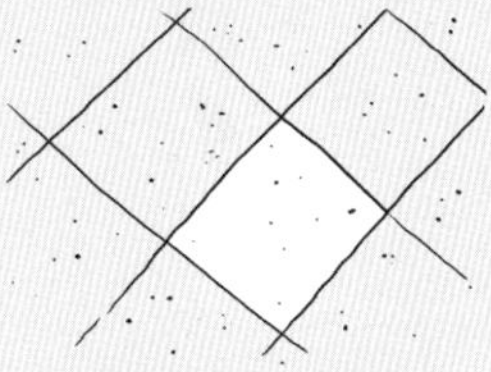

c. 빗자루를 부드럽게 움직여서 먼지를 주변으로 흩뿌린다. 그러면 청결해 보이는 효과가 있다.

---

5. 쓰레받기에 모인 내용물을 설명해주십시오.

a. 미세한 부스러기와 먼지.

b. 부스러기와 먼지, 부스러기와 먼지가 들러붙은 국수 가락.

c. 부스러기와 먼지, 부스러기와 먼지가 들러붙은 국수 가락, 단추 하나, 슈퍼마켓 영수증, 반지 하나, 외국 동전.

---

6. 비질을 끝냈는데 쓰레받기를 찾지 못한다면 어떻게 하겠습니까?

a. 당연히 여분으로 사둔 쓰레받기를 쓴다.

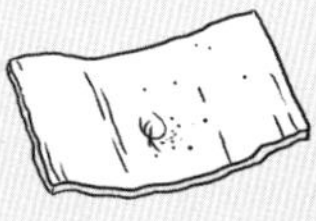

b. 빳빳한 판지나 종이를 쓰레받기처럼 쓰면 된다.

c. 먼지 더미를 방구석으로 쓸어놓고, 그 앞에 빗자루를 세워서 숨겨야지.

1. 가방 안에 넣어둔 휴대폰이 울립니다. 어떤 생각이 가장 먼저 떠오릅니까?

a. 어머, 저 벨소리는 엄마 전화라는 뜻인데! 얼른 받아야지.

b. 으악, 무음으로 설정해둔 줄 알았는데. 가방 좀 뒤져봐야겠네. 이따 무음으로 바꿔야겠다.

c. 아, 안 돼! 가방 안에서 요란하게 울어대는 휴대폰 찾기는 모래밭에서 바늘 찾기랑 똑같단 말이야.

---

2. 친구가 혹시 껌이 있냐고 물어봅니다. 가방 안에 껌이 있습니까?

a. 물론 있다. 껌 같은 작은 간식을 수납하는 작은 포켓 안에 들어 있다.

b. 하나 남은 걸 내가 막 먹어버렸는데.

c. 껌 상자에서 빠져나간 게 가방 밑바닥 깊숙한 데 있는 것 같거든. 좀 축축하긴 해도 어쨌든 씹을 만할 거야.

---

3. 가방 안에는 수납공간이 얼마나 있습니까?

a. 그냥 기본적인 것들만 있다. 칸막이 두 개로 나뉜 커다란 수납공간 하나, 노트북 넣는 공간, 앞주머니랑 옆주머니 하나씩. 숨은 앞주머니가 하나 더 있고, 측면에 지퍼가 달린 주머니가 또 하나 있다.

b. 그냥 커다란 수납공간 하나뿐이다. 앞에 조금 더 작은 주머니가 하나 달려 있고.

c. 내 가방은 블랙홀 몇 개가 소용돌이치는 거대한 우주라고요.

4. 지갑은 어디에 넣어둡니까?

a. 지갑을 넣는 수납공간에.

b. 중간 크기 수납공간 아니면 앞주머니에.

c. 바지 주머니에 넣어놨다. 어제 입었던 옷인데 지금은 세탁기 안에 들어가 있지.

---

5. 가방은 어디에 둡니까?

a. 벽장 안 고리에 걸어놓는다.

b. 늘 내 방 문가에 놓아둔다.

c. 매번 여기저기 다른 자리에 떨어뜨린다.

---

6. 지갑의 동전 주머니에는 무엇이 있습니까?

a. 동전.

b. 내 지갑에는 동전 주머니가 따로 없다. 그래서 동전이 생기면 팁 넣는 단지에 모은다.

c. 단추 하나, 슈퍼마켓 영수증, 반지 하나. 동전도 하나 있긴 하네.

1. 당신에게 옷장은 무엇입니까?

a. 내 옷장은
나의 신전과 같다.

b. 그냥 옷을 보관하는
곳이지 뭐.

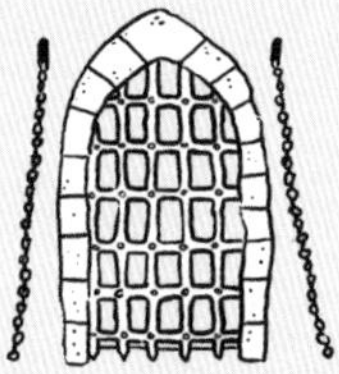

c. 옷 무더기에 산 채로 깔려
죽지 않게 막아줄 유일한 존재.

---

2. 옷을 개는 특별한 방법이 있습니까?

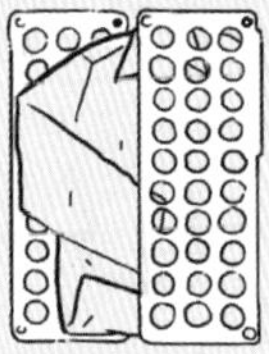

a. 옷을 갤 때 쓰는
접이식 판이 있다.
기본적인 방식으로 갠다.

b. 반으로 접고,
한 번 더 접는다.

c. 공 모양으로 둥글게 말아서
최대한 힘껏 옷장 안에
쑤셔 박는다.

---

3. 입고 싶은 셔츠가 정리해둔 옷 더미 가장 아래에 있습니다. 어떻게 하겠습니까?

a. 위쪽 옷더미를 들어 올려서
원하는 셔츠를 뺀 다음 다시
더미를 얌전히 내려놓는다.

b. 옷더미가 무너지지 않게
최대한 날쌔게 셔츠를
잡아 뺀다.

c. 이미 옷장 자체가
거대한 옷 무더기 아래에
통째로 깔려 있는걸.

4. 양말은 어떻게 보관합니까?

a. 양말용으로 디자인된 수납함에 정리해둔다.

b. 한 켤레씩 짝 지어서. 이왕이면 색깔이 맞는 것끼리.

c. 죄다 서랍장 안에 던져넣고, 알아서 제 짝을 찾기를 바란다.

---

5. 옷장 문을 열 때 어떤 느낌이 드는지 한 마디로 설명해주십시오.

a. 흐뭇함.

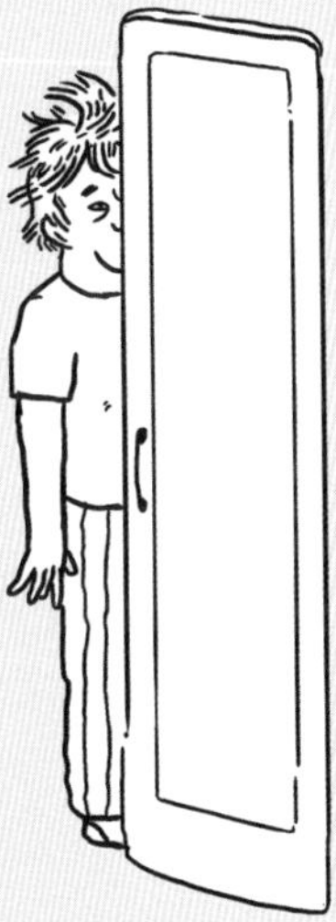

b. 아침이네.

c. 사람 살려!!! 산사태다!!!

1. 쓰레기통이 꽉 차면 어떻게 합니까?

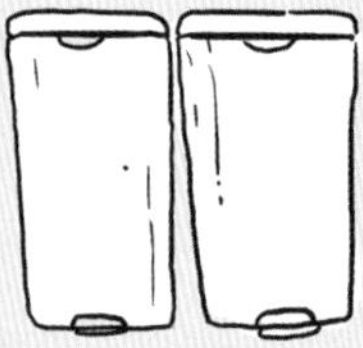

a. 일반 쓰레기통?
아니면 재활용 쓰레기통?

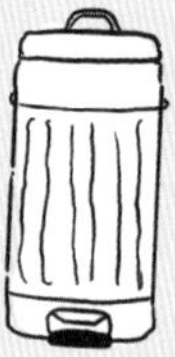

b. 쓰레기를 어떻게든
좀 더 밀어 넣고 다음 날
아침에 내다 버린다.

c. 쓰레기봉투를
하나 더 꺼낸다.

---

2. 어떤 쓰레기봉투를 사용합니까?

a. 튼튼한 두 겹짜리
쓰레기봉투.

b. 슈퍼마켓에서 세일하는
봉투 아무거나.

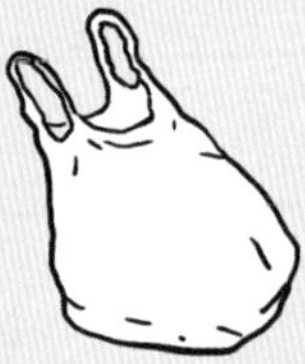

c. 쓰레기봉투가 다
떨어졌더라고. 그래서 장 볼 때
받은 비닐봉지를 대신 쓴다.

---

3. 가득 찬 쓰레기봉투를 버리러 나왔는데 구멍이 나 있는 것 같습니다. 어떻게 하겠습니까?

a. 튼튼한 두 겹짜리
쓰레기봉투만 써서
그럴 일은 절대 없다.

b. 새로운 봉투를 꺼내서
그 안에 넣어야지.

c. 최대한 빨리
쓰레기장까지 뛰어간다.
에잇, 손잡이까지 찢어졌네.

4. 쓰레기통이 가득 차면 누가 쓰레기를 버리러 나갑니까?

a. 이게 어려운 일인가?
당연히 쓰레기통이 가득 찬 걸
발견한 사람이 버린다.

b. 누구든 제일 먼저
외출하는 사람.

c. 패배자.

---

5. 쓰레기 수거함을 어떻게 생각합니까?

a. 존경심과 감사를 느낀다.
그냥 쓰레기 수거함일 뿐인데,
걱정할 게 없다.

b. 살금살금 다가가서
쓰레기를 처리한 다음
재빨리 도망간다.

c. 그게 날 아주
싫어하는 것 같더라.

---

6. 보너스 질문 : 화장실에도 쓰레기통이 있습니까?

a. 당연하다. 디자이너
브랜드에서 다른 욕실용품까지
포함된 세트를 샀다.

b. 있다. 변기 옆 구석에
숨겨놓았다.

c. 쓰레기통이 여러 개라서
그중 하나에 생리대를
던졌던 것 같기도 한데.
일 년 전쯤이었나?

다음과 같은 일을 상상해보십시오.

머그잔에 커피 한 티스푼과 설탕 두 티스푼을 넣고 끓인 물을 부었다. 우유도 타려고 냉장고를 열어서 우유 팩을 집어 올렸더니 유난히 가볍게 느껴진다. 아침에 커피를 마시고 텅 빈 우유 팩을 냉장고 안에 다시 넣었던 것이다….

어떻게 하겠습니까?

텅 빈 우유 팩을
다시 냉장고에 넣고,
커피는 블랙으로 마신다.

커피는 포기하고
텅 빈 우유 팩을
다시 냉장고에 넣는다.

문제없다. 어차피 일반 우유와
아몬드 우유, 두유, 저유당 우유가
한 팩씩 더 있다.

텅 빈 우유 팩은 버리고
새로 사러 나간다.

내일 사무실에 케이크를 만들어 가기로
했다는 사실이 막 떠올랐습니다.
레시피를 확인해보니 우유가 필요합니다.
어떻게 하겠습니까?

레시피에 따르면,
달걀이 세 개 필요합니다.
냉장고에는 두 개밖에 없습니다.
어떻게 하겠습니까?

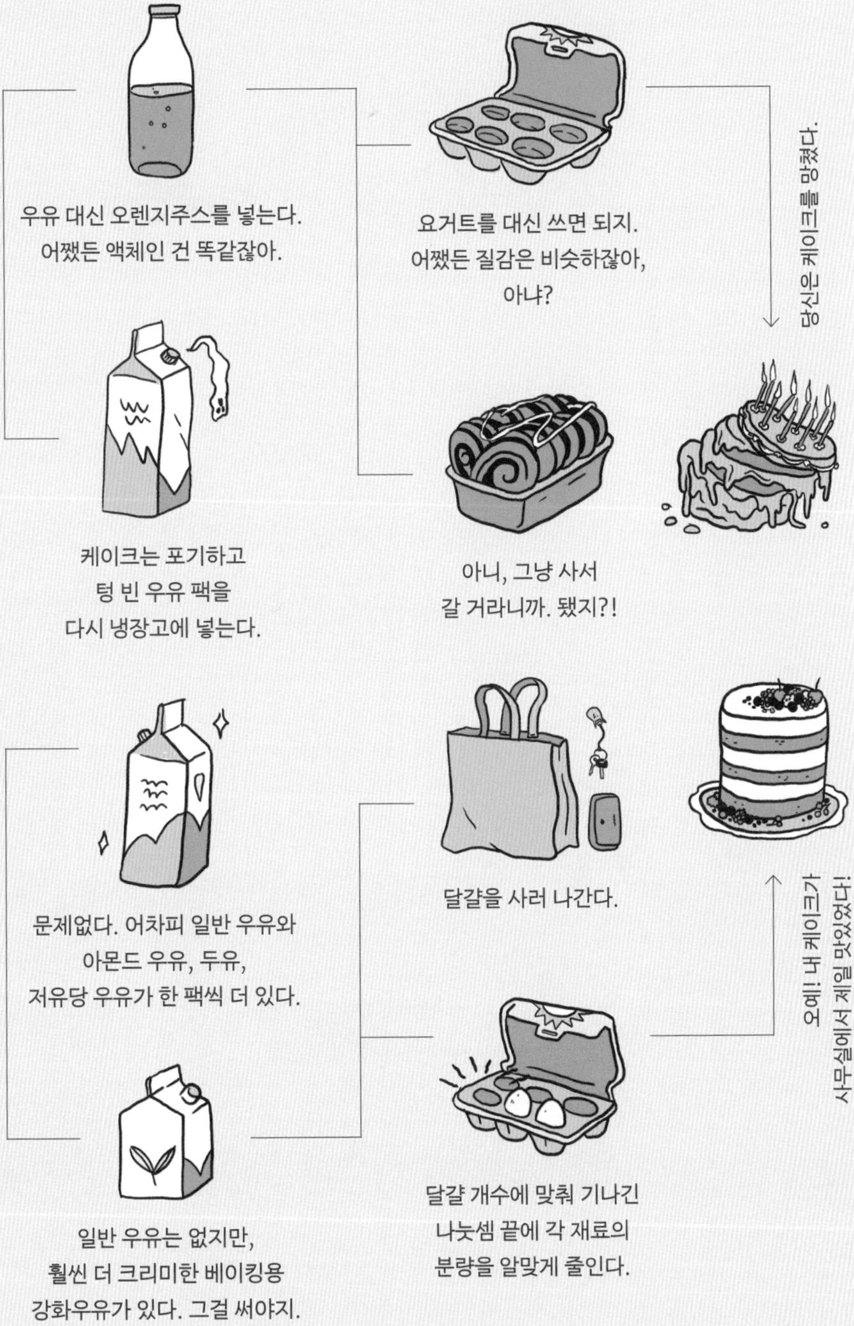

결론:
답변이 대체로 (a)인 사람이라면,
이 책을 덮고 다림질이나
마저 하러 가시길.
아니면 우표 수집 앨범이든
뭐든 다시 정리하거나.
답변에 (a)와 (b)가 섞여 있는 사람이라면,
이 책이 지저분한 배우자와 애인, 친구를
이해하도록 도와줄 것이다.

답변에 (b)와 (c)가 섞여 있는 사람이라면,
제3장에 나올 내용이 유익할 것 같다.
답변이 대체로 (c)인 사람이라면, 가망이 없다.
하지만 나의 진심 어린 포옹과 조건 없는 사랑을 보낸다.

2단계

나는 어떤 종류의 엉망인 사람일까?

엉망인 사람들은 여섯 가지
대표 유형으로 구분된다.

마스크 맨

본모습을 은밀히 숨긴 존재들.
이 사람들은 겉으로만 보면 정말
깔끔하고 잘 정돈된 것 같지.
사실은 혼돈의 난장판을 카펫으로
덮어서 가리고, 가방에 무진장
많은 쓰레기를 갖고 다닌다.

폭죽

이 유형은 엉망진창을 스타일로 승화시킨다.
이들의 지저분함은 쿨한 무심함과
성적 매력으로 가득해서 엉망이라기보다는
길들지 않은 멋으로 보인다니까.

철면피

이들은 자기가 지저분하고 덜렁댄다는
사실을 절대로 받아들이지 않는다.
오히려 다른 사람에게 책임을 떠넘긴단
말이지. 아무도 자기에게 미리 알려주지
않았다고, 약속 알림을 못 받았다고,
열쇠를 분명히 제자리에 뒀는데
누가 가져갔다고 번번이 둘러댄다.
자기가 진짜로 어떤 사람인지 죽어도
인정하지 않을 것이다.

꼬마 녀석들
아이들이 혼돈의 주인이라는 사실은 누구나 잘 안다. 선택받은 소수를 제외하면 사람들은 대부분 무질서하게 삶을 시작한다고 볼 수 있다. 아이들이 만들어낸 엉망진창은 너무나도 근본적이고 근원적이어서 어떤 과학자들은 어린아이와 레고의 조합이 끝내 우리 지구를 파괴하리라고 믿는다.

평범하게 엉망인 사람들,
그러니까 나와 여러분
최선을 다해 살아가는 표준이자 평균 유형. 손님이 초인종을 누르면, 우리는 본능적으로 거실 바닥에 널브러진 것을 깡그리 긁어모아서 가장 가까운 방문 뒤로 집어 던진다.

수집가
이 유형은 엉망을 취미로 변화시킨다. 아수라장으로 늘어진 잡동사니들을 여가에 즐기는 폭넓은 컬렉션이라고 부르더라.

물론, 엉망인 사람들을 분류하는 것은
이보다 더 복잡하다…. 엉망인 사람들의
유형과 종류는 수백 가지는 아니어도
수십 가지쯤은 되거든.

1. 미루기 대장 2. 철면피 3. 의심병 환자 4. 폭죽 5. 무심함의 대가 6. 가면 쓴 사기꾼
7. 고집쟁이 8. 우유부단 끝판왕 9. 나무늘보 10. 프로 11. 덜렁이

12. 반항아 13. 다이너마이트 14. 신경쇠약 환자 15. 드라마 퀸/킹 16. 어르신 17. 건망증 대마왕
18. 초보 부모 19. 투덜이 20. 수집가 21. 꼬마 녀석 22. 평범하게 엉망인 사람들

한 사람의 엉망진창은 갖가지 모습으로 나타날 수 있고,
엉망인 사람은 살아가면서 다양한 유형을 넘나들 수 있다.

이 변화를 일으키는 요인으로는 우리의 감정 상태와 우리를 둘러싼 사람들,
우리가 갖고 있는 신발의 수 등을 꼽을 수 있다.
인생의 모든 시기에는 그 시기만의 고유한 엉망이 따라온다고 봐도 좋지 않을까.

자, 이제 우리 자신을
알아가는 데 집중하자.
엉망인 사람의 약점은
무엇인지, 어떻게 약점을
극복할 수 있는지 알아내야
한다. 아니면 적어도 약점을
피해 가는 법이나 아무 서랍
안에 밀어 넣고 억지로
문을 닫아버리는 법이라도.

그 전에 평균쯤 되는
엉망인 사람의 특징을
몇 가지만 살펴보겠다.
이제 엉망진창의
토끼 굴로 뛰어들 차례다.

03

엉망이란 무엇일까?

물질적인 엉망을 구성하는 요소로는 숱한 열쇠와 동전, 가방 바닥에 달라붙은 껌, 단추, 배터리, 더 체계적인 사람으로 거듭나고자 샀다가 잃어버린 일기장이 있다. 장마철이라면 여기에 우산을 네 개 정도 추가하면 된다.

형이상학적인 엉망을 구성하는 요소는 사물이 아니다. 사물의 정신이다.
이 정신은 우주가 출발한 가장 근본적인 지점인데,
우주 역시 혼돈에서 태어나 끝없이 팽창하는 중이다.

가장 흥미로운 존재들은 무질서한 데다
응집력이라곤 없는 것들에서 시작한다.

우주도 그렇고 생일 케이크도 마찬가지고

인간도 프라하의 골렘도.

대부분은 끝내 이런 꼴로
허물어지고 만다.

사실 혼돈은 그리 나쁜 출발점이 아니다.
질서를 무시하고, 틀에 박힌 생각에서
벗어나고, 운 좋은 실수를 저지르다 보면
가끔 놀라운 발명에 성공하거든.
역사의 흐름을 바꾸어놓은
수많은 일은 누군가가
질서를 지키지 않았거나
좀 체계적이지 못했기 때문에
벌어졌다.

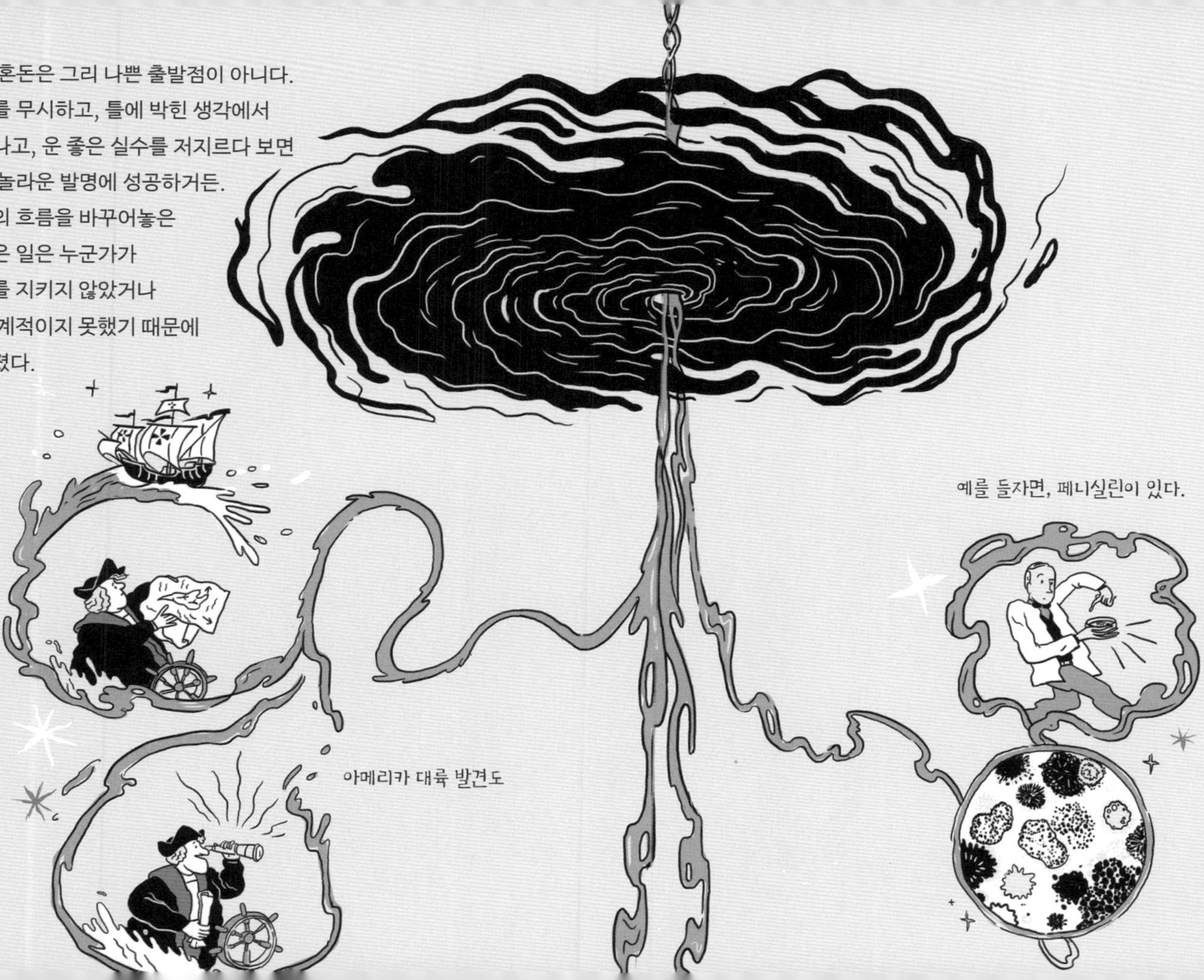

아메리카 대륙 발견도

예를 들자면, 페니실린이 있다.

창의성과 자유와 인생에 있어서,
혼돈과 경계를 넘어서는 일은 필수다.
이런 것이 없다면 세상은 지금과 달라도 한참 달랐을걸.

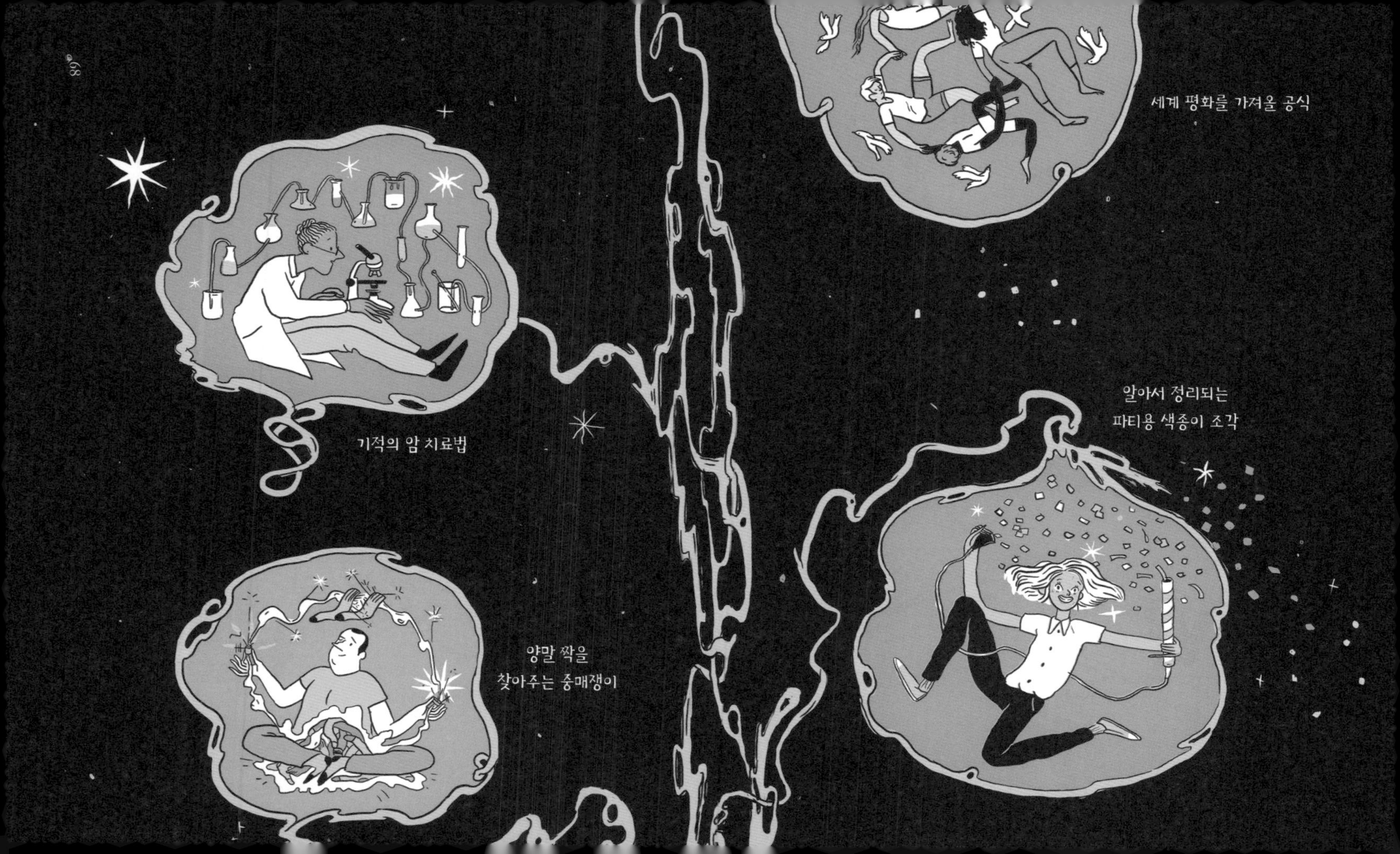
기적의 암 치료법
양말 짝을
찾아주는 중매쟁이
세계 평화를 가져올 공식
알아서 정리되는
파티용 색종이 조각

머나먼 우주 공간의
생명체에 대한 문서 증거

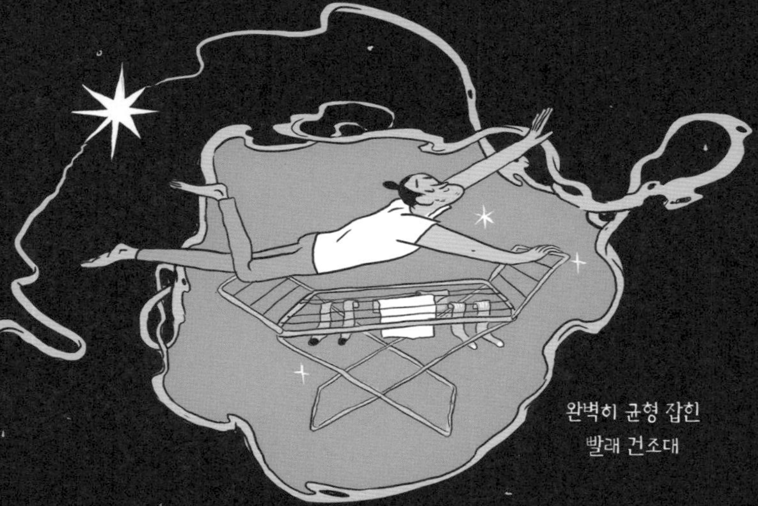

완벽히 균형 잡힌
빨래 건조대

하지만 가슴에 손을 얹고 정직하게 털어놓자면, 엉망과 어수선함과 지저분함 때문에 놓친 발명과 발견도 틀림없이 많을 것이다. 그런 발견을 주도한 책임자들이 조금 더 꼼꼼했다면 어땠을까. 느닷없이 정전이 되기 전에 컴퓨터를 백업해뒀거나 파일을 저장해뒀더라면,

구성 요소 목록을 어디 적어뒀더라면, 비밀 레시피를 식탁 위에 올려둔 전단지 더미와 함께 실수로 내다버리지 않았더라면, 세상은 더 나은 곳이 될 수 있었을 텐데. 어쨌든 이쯤 하면 다들 내가 하려는 말을 이해했겠지.

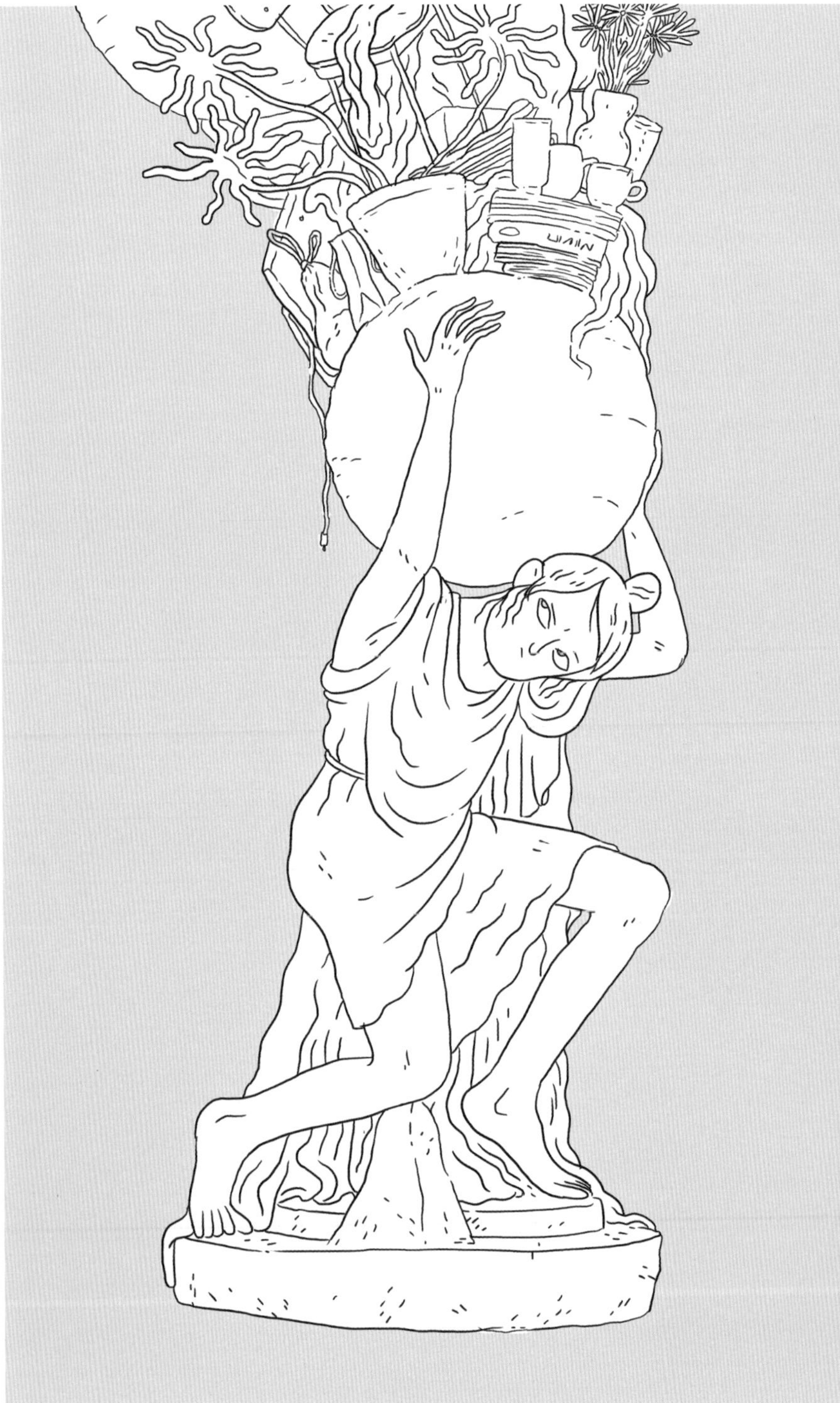

좀 전에 살펴봤듯이 엉망에는 형이상학적인 면이 있다.
하지만 앞서 말했듯이, 엉망에는 물질적인 면도 있다.
무지무지하게 물질적이다.

대개 엉망은
틈만 보이면
물질적인 면으로
모습을 드러낸다.
엉망은 우리가 가진 모든 물건과
우리가 하지 않고 있거나
할 시간이 없어서
나중으로 미뤄둔 모든 일까지
더한 총합이다.
누구나 자기만의
짐을 지고 다닌다.
짐은 우리를 무겁게 짓누르지만,
우리가 누구인지 밝혀주기도 한다.

적어도 한때는 의미 있어서
우리가 쉽게 놓아주지 못하는
물건과 습관. 어쩌면
그냥 어떻게 해야 할지 몰라서
아직 지니고 있는
물건과 습관일지도 모르겠다.
엉망을 구성하는
요소는 우리에게
의미 있는 물건이나
습관이다.
우리가 과거에 누구였는지도.
우리가 앞으로 되길 바라지만
두려워하는 모습까지도.

우리는 살면서 물질적인 엉망에 너무 많은 시간을 쏟는다.
뭐든지 근사해 보이도록 어질러진 것들을
주워 모으고 정리하고 치우잖아.

하지만 가끔은 우리 모두 깔끔한 척 꾸미고 있거나,
비밀을 마음속 깊숙한 바닥에
숨겨두고 있는 것 같다.

비밀은 결국 터져 나올 텐데…

그래서 무엇이든 모조리 휩쓸어버릴 텐데.

부글부글 꼬르륵

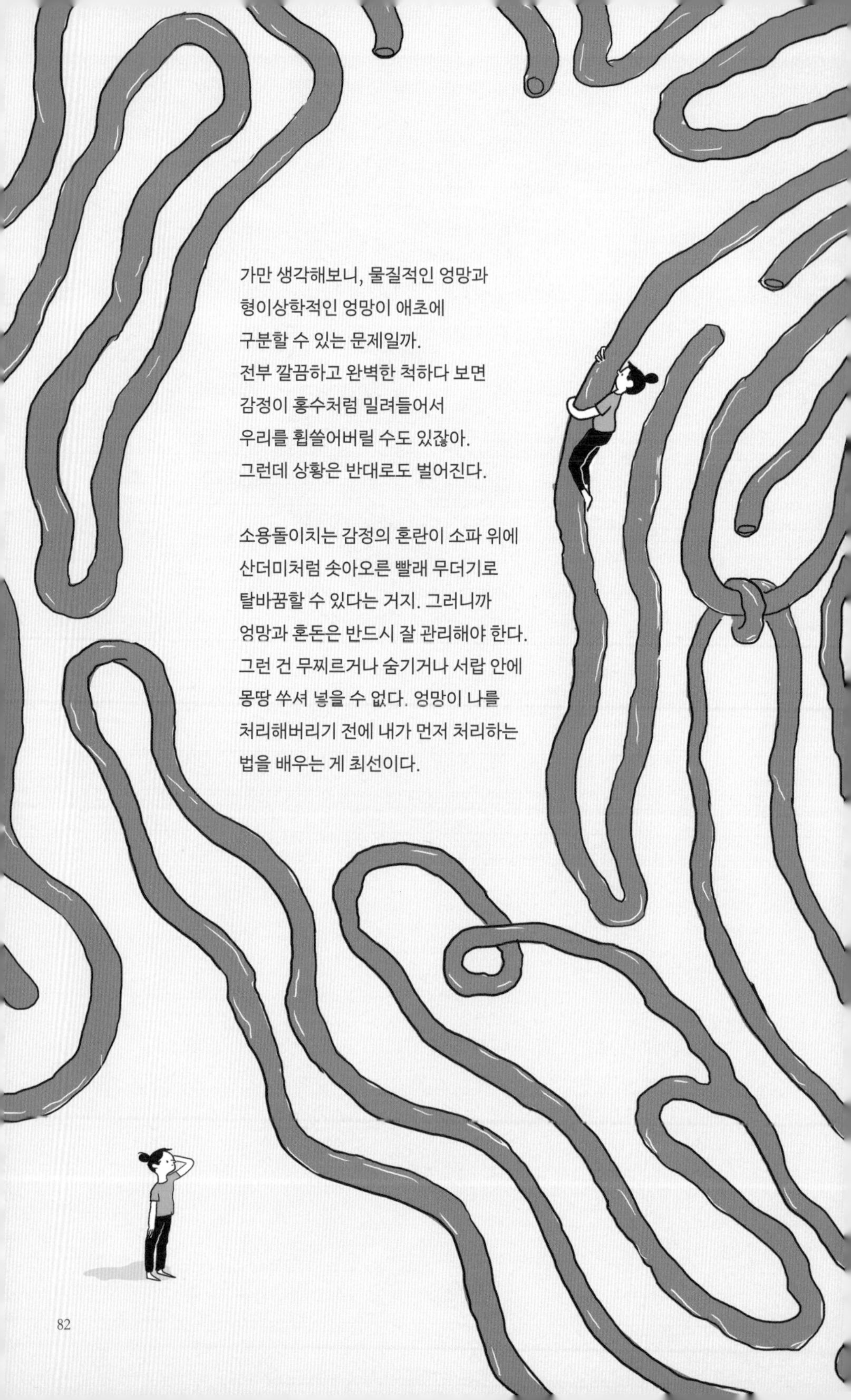

가만 생각해보니, 물질적인 엉망과
형이상학적인 엉망이 애초에
구분할 수 있는 문제일까.
전부 깔끔하고 완벽한 척하다 보면
감정이 홍수처럼 밀려들어서
우리를 휩쓸어버릴 수도 있잖아.
그런데 상황은 반대로도 벌어진다.

소용돌이치는 감정의 혼란이 소파 위에
산더미처럼 솟아오른 빨래 무더기로
탈바꿈할 수 있다는 거지. 그러니까
엉망과 혼돈은 반드시 잘 관리해야 한다.
그런 건 무찌르거나 숨기거나 서랍 안에
몽땅 쑤셔 넣을 수 없다. 엉망이 나를
처리해버리기 전에 내가 먼저 처리하는
법을 배우는 게 최선이다.

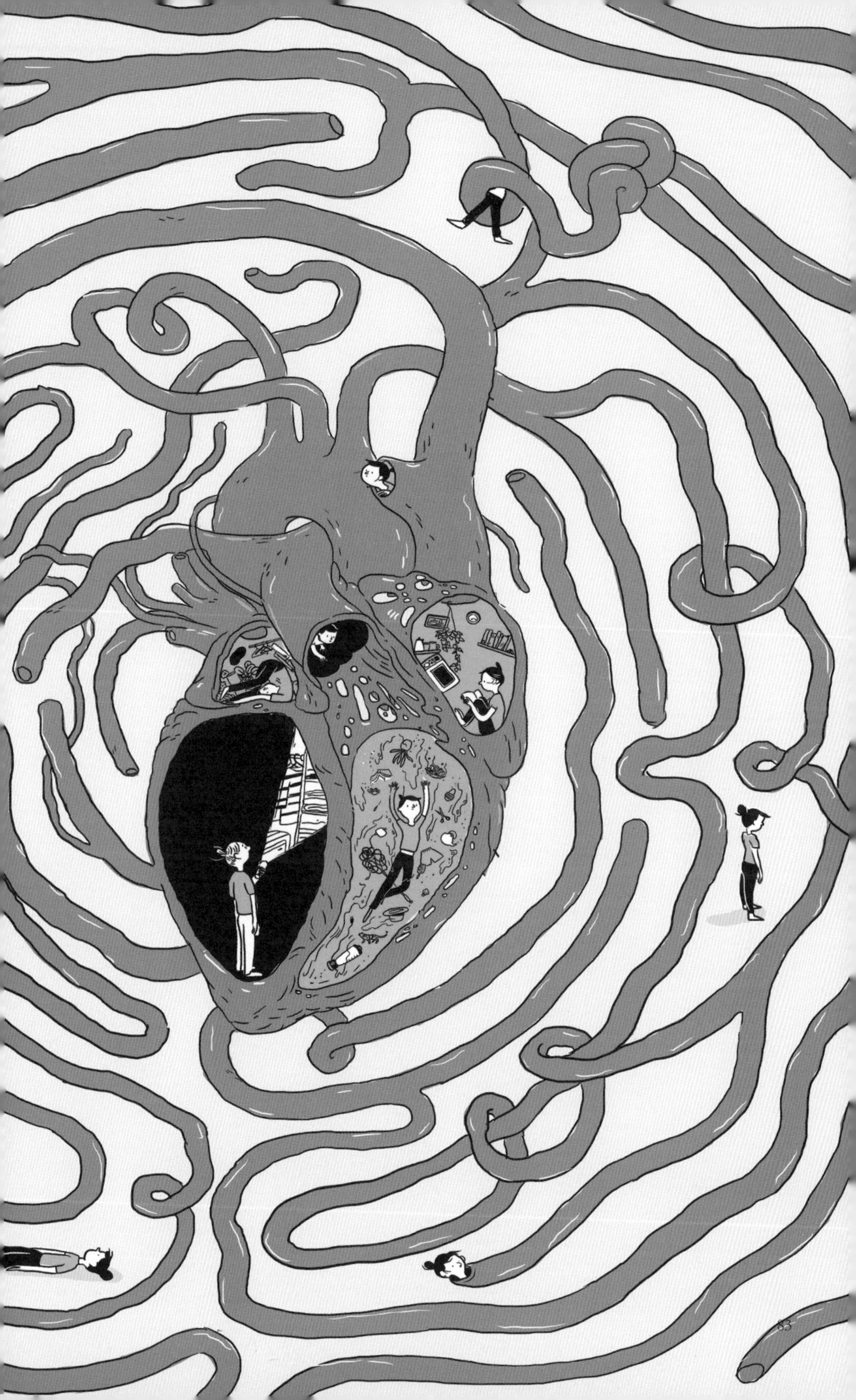

04

엉망을 관리하는 법
또는
적수 바로 알기

비질 후딱 끝내버려야지….

이제 물질적인 엉망을 관리하는 법을 알아보자.

엉망은 우리보다 유리한 입장이다. 엉망은 좀처럼
잡히지 않는 데다 교활하다는 사실이 무엇보다도 큰 문제다.

…방금 청소 끝냈단 말이야!

그런데 왜 바닥에 수건, 양말 세 켤레, 레고 1kg, 짝 없는 양말이 떨어져 있는 건데.

두 번째 문제는 엉망이 사악한 데다
끝없이 순환한다는 사실이다.

엉망의 순환 고리는 인류에게 알려진
가장 치명적이면서도 매력적인 약점 세 가지로 구성된다.
자기만족, 미루기 그리고 패닉.

엉망은 언제나 수상쩍게 으스대며 순환을 시작한다.
— 여기 커피잔이 딱 하나뿐인 거 보여? 내가 어제 책상을 치웠거든.
이렇게 완벽하게 정리된 책상은 처음 봐. 아이디어가 마구마구 샘솟겠다.
그러다 상황이 꼬이기 시작한다. 그래도 엉망인 사람은 나중에 전부 통제할 수 있다는 환상에 끈덕지게 매달린다.
나중에 다 처리할 수 있다니까. 얘, 그 정도 했으면 커피 마시면서 인스타그램 좀 해도 되잖아.
나중에 언제? 좀만 있다가, 그러니까 커피 한 잔만 마시고 나서.
아아아, 다 끝장났어! 이젠 뭘 해도 안 될 거야! 커피잔은 싹 다 버려야겠네! 책상도! 세균이 온 집으로 퍼지고 있는 거 같아! 저 컵들 전부 버리고 나면 물은 수도꼭지에 입 대고 마셔야 할걸!
너무 늦었다는 생각이 들었다면, 진짜로 너무 늦은 거다.

이 불가사의하고 강력한
순환 고리를 끊고 싶다면,
우리 집이라는 전쟁터에서 누가
내 편이고 누가 적인지 알아야 한다.

전쟁터를 속속들이 알아야
작전을 짤 수 있는 법.

적군

자, 틀림없이
악의 세력인 물건들을
소개하겠다.

집에 있는 물건 가운데 가장 악독한 끝판왕은 두말할 것도 없이 화장실의 자그마한 쓰레기통이다. 이 쓰레기통은 크기가 작을수록 더욱더 악랄하다. 이 작디작은 통 안에 이끼 같은 질감의 구멍 숭숭 뚫린 쓰레기가 꽉 들어차면 쓰레기통은 압축된 곤죽 캡슐로 변한다. 그러면 쓰레기통을 비우고 싶은 마음이 반년에 한 번꼴로 줄어든다.

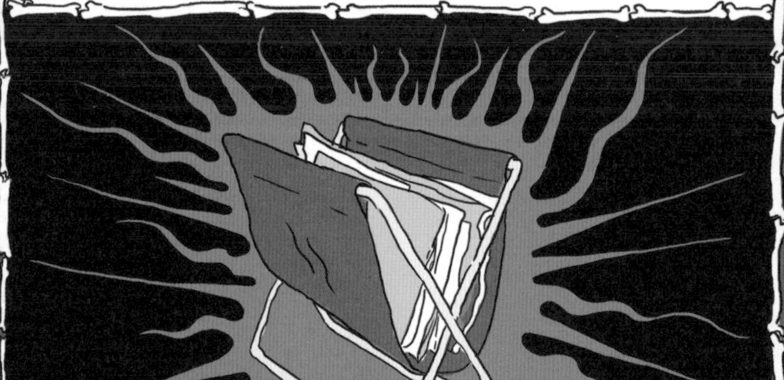

잡지꽂이 역시 지독스러운 적수다. 이론상으로는 정리정돈을 도와주는 대단히 기능적인 물건이지만, 실제로는 좀처럼 물건을 버리지 못하고 쟁여두는 우리의 가장 약한 부분을 겨냥하는 녀석이다. 어쨌거나 다 읽어서 더는 필요하지 않은 잡지나 신문이라면, 커피 얼룩이 군데군데 찍힌 채 구겨진 종이 뭉치라면, 집안의 지정된 수납공간 안에 처박는 것보다 더 좋은 처리 방법이 과연 있을까…?

방구석에 놓아둔 의자도 불구대천의 원수다. 의자는 적군 중에서도 소름 끼치도록 교활하고 음흉하다. 처음에는 그야말로 순진무구해 보이거든. 우리를 도와주려는 것 같단 말이지. 하지만 그런 건 겉으로만 번지르르한 속임수다. 다들 방바닥에서 집어 든 옷이나 물건을 정확히 어디에 둬야 할지 감이 잡히지 않을 때가 있을 것이다. 의자는 바로 그런 옷더미와 물건 무더기의 안식처로 변한다. 이제 깔끔하게 정리할 기회는 영원토록 물거품이 되고 만다.

하지만 우리 뒤통수를 가장 얼얼하게 강타하는 적은 의심의 여지 없이 빵 보관 상자다. 빵 보관함은 악의 축이 파견한 이중간첩이라고 말할 수도 있다. '빵을 보관하는 올바르고 책임감 있는 장소'로 가장하여 질서와 엉망 사이의 전투에서 어김없이 우리의 패배를 불러오기 때문이지. 적군과 결탁한 스파이가 아니라면 곰팡내가 온 부엌에서 진동하기 전에는 그 안에 빵이 있다는 사실조차 기억하지 못할 것이다.

아군

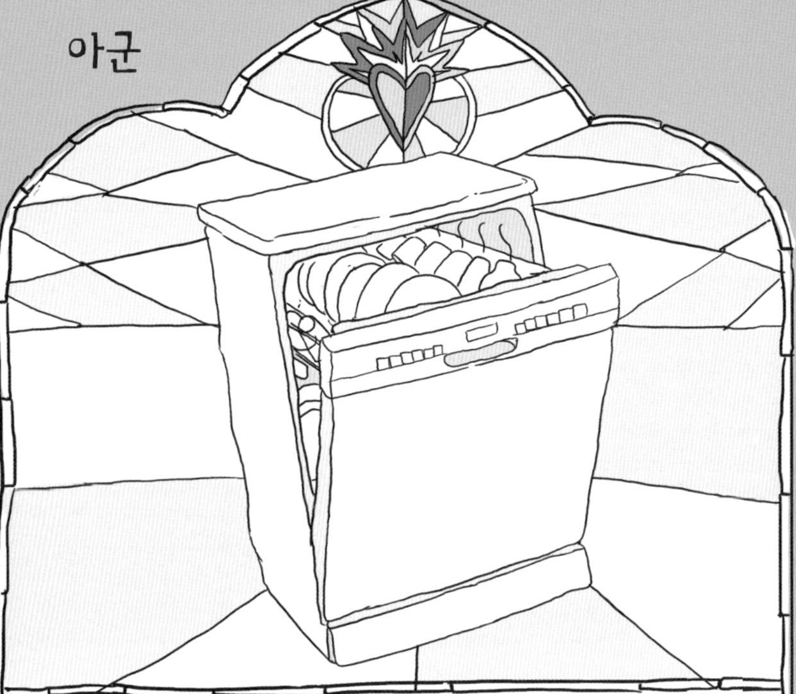

세상 모든 가정용품 중에서 가장 성스러운 존재는 바로 식기세척기다.
식기세척기는 설거지라는 가장 성가신 집안일을 맡아줄 뿐만 아니라, 마침내
우리가 접시들을 그릇장에 넣을 여유가 생길 때까지 접시를 숨겨주기까지 한다.

수저통도 식기세척기와 같은 기사단 소속이다. (식기세척기보다는 지위가 낮다.
수저통에 넣기 전에 내가 설거지부터 해야 하니까. 그래도 수저를
하나하나 정리할 필요 없이 모조리 통에 넣으면 되니까 어려울 건 없다.)

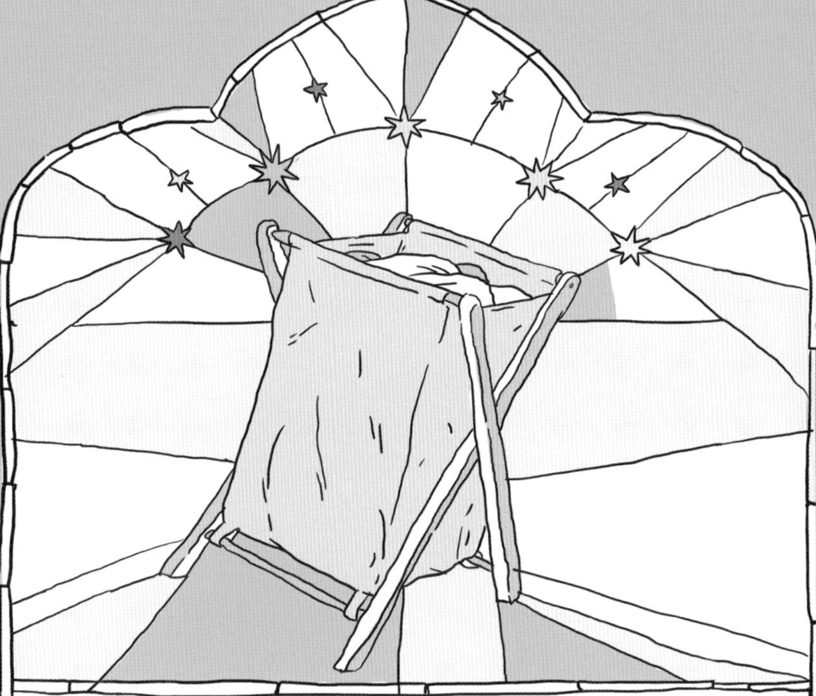

빨래 바구니는 조금 더 복잡하달까. 시큼한 냄새를 풍기는 빨래 바구니는
옷을 자주 세탁하지 않는 우리의 실패를 생생하게 기념한다. 하지만
한편으로는 미처 빨지 못한 속옷을 위한 아늑한 보금자리가 되어주기도 한다.

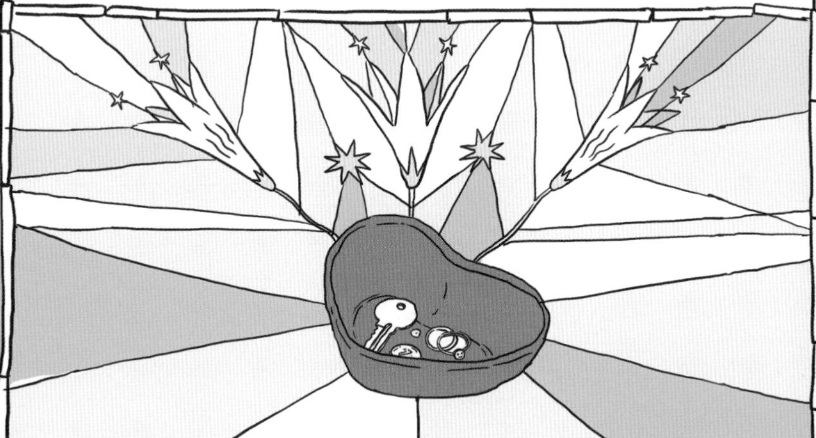

우리 편에서 와일드카드를 꼽아본다면, 틀림없이 동전과 머리핀, 배터리나
기타 등등을 넣어두는 자그마한 그릇이다. 이 그릇은 어디에서 왔는지,
어디로 가야 할지 모르는 조그마한 물건을 모두 품어주는 작은 낙원이다.
작지만 꼭 필요한 이 그릇이 없다면, 우리가 아는 세상은 더는 존재할 수 없을걸.

중요한 아군과 적군을 살펴보았으니, 가장 알맞은 방식으로
엉망에 대처하는 데 필요한 규칙을 몇 가지 정할 차례다.
규칙이라고 해도 좋고, 제안이라고 불러도 좋고.
어쨌든 엉망진창에 반격하거나 적어도 상황을 통제하는 데
도움이 되는 규칙은 모두 다섯 가지다.
어쩌면 이 규칙이 혼돈으로부터 집을 지켜줄지도 모르겠다.

1. 균형을 지키자

완벽한 질서는 불가능하다는 사실을 받아들이고 나면,
잘 통제된 엉망진창 속에서 살아가는 법을 배워야 한다.
이틀이나 설거지를 안 해서 싱크대가 더러운 접시로
가득 찼다면, 적어도 조리대는 말끔하게 치워야겠지.
일주일이나 빨래를 안 했다면, 제멋대로 널린 옷을 모아서
방구석 의자 위에 깔끔히 쌓아두기라도 해야 할 테고.
어쨌거나 빨래는 했지만 이제는 옷 무더기가 소파를
아예 뒤덮어 버렸다면, 하다못해 거실 카펫이라도
깨끗하게 청소해야 한다.

2.
일직선을 만들자

자질구레한 물건이 주변에 흩어져 있는데
이것들이 대체 어디서 나왔는지,
어디에 둬야 할지 모르겠다면?
물건을 전부 모아서
일직선으로 늘어놓으면 된다.
그러면 깔끔하게 정돈하고
관리했다는 느낌이 든다고.
조리대 위의 양념통이나
(싱크대 수납장에 넣기는 애매하잖아)
화장실의 샴푸통들
(다 쓴 거라도 괜찮다),
책장에 꽂아둔 책들이나
책상 위의 잡동사니 등
뭐가 됐든 이 규칙을
적용할 수 있다.

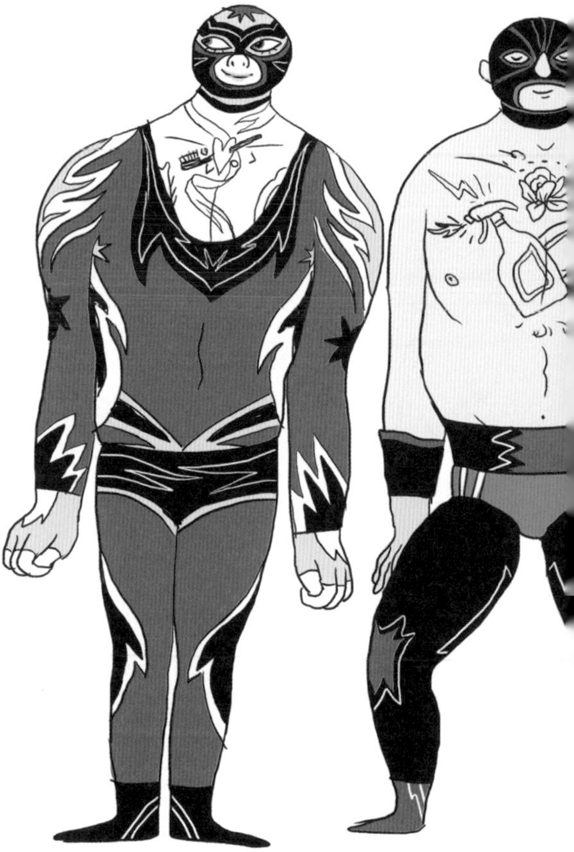

3.

최소한의 공통 분모를 찾아보자

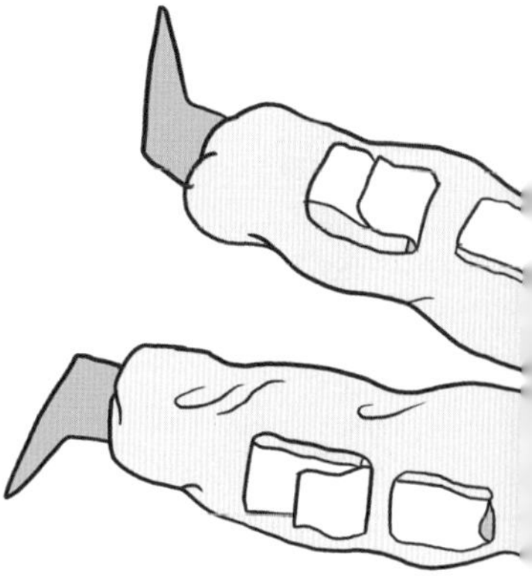

모양이 비슷한 물건끼리 모아서 보관해보자.
그래, 미술용 붓은 부엌칼을 보관하는
서랍에 넣어두면 안 된다. 그렇지만 붓이나 칼이나
길이도 비슷하고 생김새도 비슷하잖아.
질서가 잡혔다는 환상이 효과를 발휘한다니까.
가끔은 이 규칙이 유용할 때도 있다.
뭐든 상식을 깨는 장소에 보관해두면
그 물건이 필요할 때 어디서 마지막으로 봤는지
떠올리기가 쉽거든.

4. 가시덤불에서 장미를 꽃피우자

방 한가운데에는 아름다운 물건을 놓아야 한다. 그렇다고 방이 정돈되었다는 느낌이 들진 않지만, 그래도 개성과 세련되고 우아한 멋을 가미할 수는 있다.

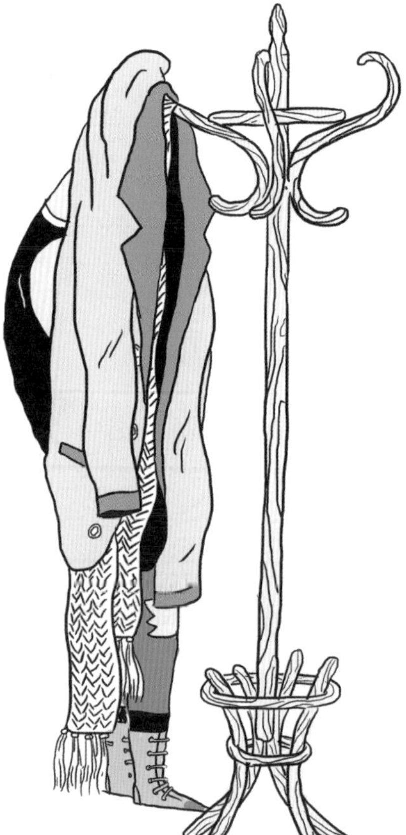

5.
카펫 규칙-
거기에 없으면
진짜 없는 거야

온 정성과 노력을 기울여봤지만
물건을 어디에 둬야 할지 도저히 모르겠다면,
그냥 카펫 밑에 쓸어 넣어라. 아니면
옷장 안에 쑤셔 넣거나. 그것도 힘들면
서랍장 안에 힘껏 밀어 넣어도 좋고.
조그마한 물건이라면,
언제든 작은 그릇이 기다리고 있다.

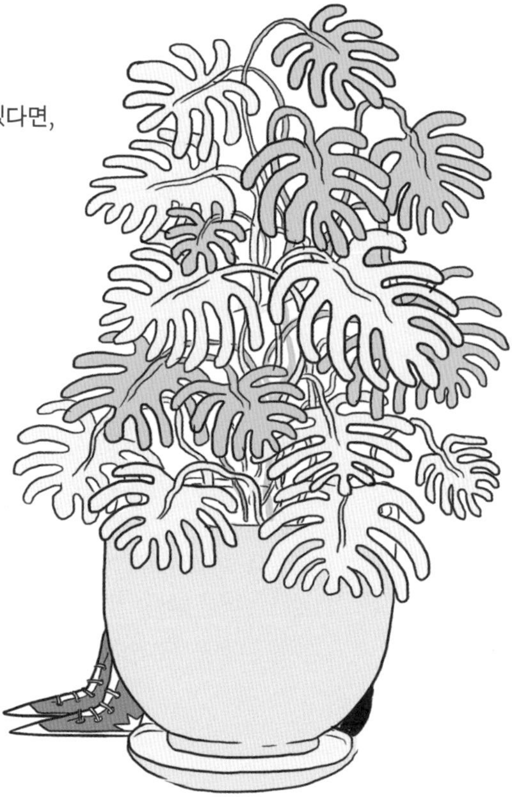

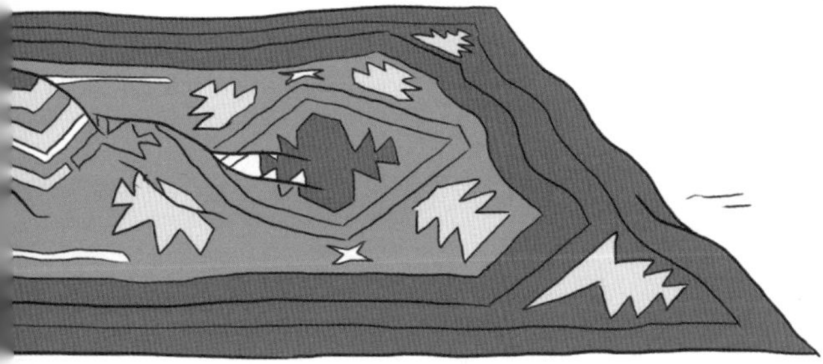

5.5 보너스! 현장 학습을 기억해

학교 다닐 때 현장 학습을 나갔다가 길을 잃었다면?
바로 그 자리에서 기다리는 게 맞다.
청소도 마찬가지다. 당장 청소나 정리정돈이 내키지 않는다면?
전부 그 자리에 가만히 내버려 두자.
그래야 나중에 물건을 다시 찾을 확률이 높아진다.
(자세한 내용은 7장을 참고할 것)

05

정리하지 않고도 정리하는 법

이번 장의 목표는 앞 장에서 살펴본 규칙을 간단하게 적용해서 온방을 그럭저럭 관리하는 법을 배우는 것이다. 이름하여 정리하지 않고도 정리하기!

근사한 전투 계획에는 늘 지도가 필요한 법이다. 뭐, 기본 계획에서 사소한 사항이 많이 쌓여 있을 게 분명하지. 그 자리는 창고로 변해 있을걸? (창고는 바로 이렇게 탄생한다.)

조금 바뀔 수는 있지만, 핵심은 달라지지 않을 것이다. 엉망인 가족은 다 비슷비슷하니까.

어수선함과 지저분함은 생활 공간에 몰려들기 마련이다. 혹시 여러분의 집에서 특정 공간이 늘 티 없이 정돈되어 있다면, 그건 여러분이 그 공간을 사용하지 않는다는 뜻이다.

아니라면 여러분은 영혼 없는 좀비다. 진짜 사람이 사는 집이라면 온갖 물건이 터무니없이

책상을 정리하지 않고도 정리하는 법
서류는 바인더에 보관하는 게 가장 낫다. 서류별로 주제가 다 다르더라도, 고리에 끼워서 고정할 구멍이 없더라도.
흐릿한 조명은 먼지와 지저분함을 잘 가려준다.
달력은 존재 자체로 전문성과 질서를 뿜어낸다. 뒤에 자질구레한 것들을 숨기기도 좋고.
각종 고지서는 컴퓨터 화면 뒤에다 모셔두면 된다. 요금 내는 일을 잊을 확률이 100%가 되겠지만.
컴퓨터 바탕화면을 정리하는 일은 그 자체로 고도의 기술이다. 주제별로 파일을 정리해도 소용없다면, 새 폴더를 하나 만들어서 깡그리 집어넣어라. 필요할 때마다 이 과정을 반복하자.
아직 사흘이 지나지 않은 커피라면, 잔을 그대로 책상에 둬도 좋다. 초소형 휴지통으로도 딱이다.
연필을 깎고 생긴 부스러기는 한군데로 모으자. 잘 정리되었다는 느낌을 팍팍 풍기니까.
'할 일 목록'은 미래에 언젠가는 일을 마무리할 수 있다는 희망의 표시가 될 수 있다.
무슨 부스러기든 똑같이 처리하면 된다.

충전기는 콘센트에서 빼 두는 게 제일 좋다. 잠깐, 그러다가 충전기를 잃어버리잖아. 그냥 쓰든 안 쓰든 언제나 콘센트에 꽂아두자.
식물이 바싹 말라버렸어도 손톱만 한 희망을 품어보자. 완전히 누렇게 변할 때까지는.
일 년 넘게 들여다보지 않은 문서는 더 오래된 문서와 함께 보관해야 한다. 그러면 앞으로 몇 년 동안은 더 쳐다보지 않을 수 있다. 양심의 가책과 싸우기에도 좋은 방법이라는 거.
잉크가 잘 안 나오는 펜과 뚜껑이 증발한 형광펜은 아래 방향을 보게 세워둬야 한다.
잡동사니는 사무용품과 함께 한 줄로 늘어놓으면 정체를 숨길 수 있다.
서류와 영수증, 청구서 등은 큰 것부터 작은 것 순서로 쌓아야 한다. 그러면 모든 게 잘 계산된 것처럼 보인다. 참, 서류 더미로 커피 얼룩을 숨길 수도 있다.
서랍은 벙커와 같다.

책상 위 물건더미의 미스터리

그래, 서류는 크기별로 분류해서
죄다 책상 위에 쌓아두라고 충고했었다.
그런데 문제가 하나 있다. 시간이 좀 흐르고 나면 업무 실패에 시달린 모든 서류가 끝내 공동묘지로 가버리더라고. 공동묘지라는 말이 괜히 껄끄럽다면, 나의 무능함을 기리는 기념물이라고 불러도 좋다. 어쨌든 종이 뭉치가 높이 쌓였다면 서랍 안으로 보내버리는 걸 추천한다. 아니면 쓰레기통으로. 어차피 처리하기에는 너무 늦었을 테니까.

부엌을 정리하지 않고도 정리하는 법

주방 세제는 자동차의
기름 탱크와 같다.
왜, 연료가 다 떨어졌다는
표시가 떠도 몇 km는
충분히 더 갈 수 있잖아.
혹시 지난 10월 감기에
걸렸을 때 우려 마시고
안 버린 티백을 기억하는지?
이제 티백은 뻣뻣하게 굳어서
손가락만 살짝 갖다 대도
바스러질 것이다. 안전하게
찻잔에 담아놓자.
혹시 쓰고 난
휴지 뭉치를 안 버렸다면,
남동생 곁에 두고 오자.
이틀 전 샐러드를 만들 때
드레싱으로 썼던
레몬의 나머지 절반이
아직 굴러다닌다면?
드레싱으로 쓰기에는
당연히 찜찜하겠지만,
접시 위에 슬쩍
얹어둘 수는 있다.
접시 더미가 싱크대 위로
튀어나올 만큼 높이 쌓이지 않았다면?
아직 얼마든지 접시를 추가해도 좋다.
어쨌거나 설거지를 최대한 미루고 싶다면?
공간을 가장 적게 차지하는 방식으로
가지런하게 접시를 쌓을 것.
식용유와 양념통은
언제나 일직선으로
늘어놓아야 한다.
양념통 넷 중에 셋이
텅 비어 있더라도
이 규칙을 잊지 말자.

냄비 수납장의
미스터리
보통은 굳이 직접 요리하지
않더라도 배부르게 먹을 수 있다.
그러니까 어지간하면
냄비 수납장은 열지 말자.
이것만이 살길이다.
설마 그 상태에서 원하는 냄비를
꺼낼 수 있다고 착각하는 건 아니겠지?
그런 시도는 바닥에 깔린
냄비들이 탈출하도록
부채질할 뿐이다.

냄비들을 가둬둔 수납장을 열자마자
냄비 떼가 우르르 튀어나온다.
군단의 위쪽에 포진한 냄비들이
수납장 문을 꽉 붙들어서
다시는 문을 닫을 수 없게 막는다.
결국 두 손 두 발 다 들 수밖에 없다.
(이거 말고는 다른 선택지가 없다),
호의를 베풀어 줄 것이다.
냄비를 죄다 꺼내서 새로 정리한다면
그제야 수납장이 다시 닫히는
하지만 최악의 사태는 아직 오지 않았다.
구석에 몸을 숨기고 있는
반항적인 냄비가
꼭 하나씩은 있거든.
그러면 처음부터
다시 시작해야지
어쩌겠어.

냉장고(외부)를 정리하지 않고도 정리하는 법

무엇이든
종류별로, 아니면
공통 분모가
있는 것들끼리
정렬하자. 한 줄은
주차 위반 딱지,
그다음 줄은 사진,
이런 식으로.
교통 법규 관련
딱지라면 최근
운전 태도와
성향을 파악하기
위해 시간순으로
늘어놓아도 좋다.

균형과 조화를
맞춰야 하니
동네 식당과
배달 광고 자석은
위쪽 구석에다
붙여놓자.
이런 자석은 대체로
모양이 특이해서
깔끔한 사각형인
사진이나 티켓 곁에
두면 어색하다.

엉망인 사람에게
냉장고 앞면은
가족과 친구 모임,
회사 행사의
역사를 간직하는
공간이다.
우리는 아무것도
버리지 않으면서도
(영원히 벌금 내는
것을 까먹을
주차 위반 딱지도,
이혼으로 끝나버린
지인 결혼식에서
찍은 사진들도),
그럭저럭 질서를
세울 수 있다.

애들이 그린 그림은
[illegible] 간식처럼
한 번에 하나씩만
붙여놔야 한다.
안 그러면 곧바로
난장판이 된다.

냉장고 아랫부분에는 남아도는
메모를 두기에 알맞은 분위기가 있다.
그러니까 오래된 초대장이나
그림을 붙여놓기에 딱이란 거지.

냉장고(내부)를 정리하지 않고도 정리하는 법

냉장고 문에는 위험한 죄수를 감금하는 시설과 인큐베이터가 설치되어 있다. 따라서 이 칸들에 있는 물건은 함부로 옮기면 안 된다. 크기나 공통점에 맞춰 새롭게 정리하는 걸 추천하겠다.

제일 위쪽 칸은 보통 사람의 눈높이보다 높으니까 자주 필요하지 않은 것이나 웬만하면 피하고 싶은 것, 아니면 괜히 다른 사람들의 질투를 부를 수 있는 아끼는 것을 보관하기에 제일 좋다.

왜, 빵을 사면 늘 마지막 조각이 하나 남아서 냉장고 안을 굴러다니잖아. 이런 빵 조각들에는 '공통 분모' 규칙을 적용하면 된다.

냉장고는 인간이 소유할 수 있는 가장 사적이고 내밀한 장소 가운데 하나라는 사실을 짚고 넘어가야겠다. 내 냉장고를 멋대로 열어보는 일은 내 영혼 속을 엿보는 일이나 속옷 서랍을 휙 열어보는 일이랑 똑같다 이 말이야.

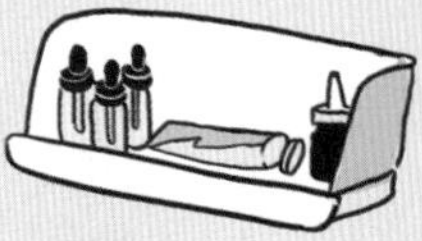

약 수납 칸.

이국의 향기 수납 칸. 음식이라면 흥미로워야 한다고 생각했던 시절의 소스들이 보인다.

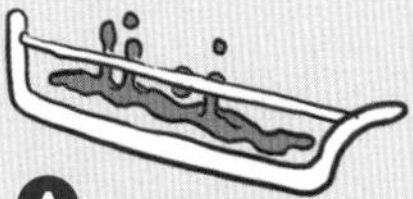

끈적거리는 수납 칸. 전에 여기에 뭔가를 엎질러서 발효시켰거든. 이제는 정체 모를 그것도 칸의 일부다.

(그나마) 유용한 수납 칸. 거의 비어 있는 우유 팩이 하나 있고, 2006년 새해맞이 파티에서 마시고 반쯤 남은 샴페인 병도 보이네.

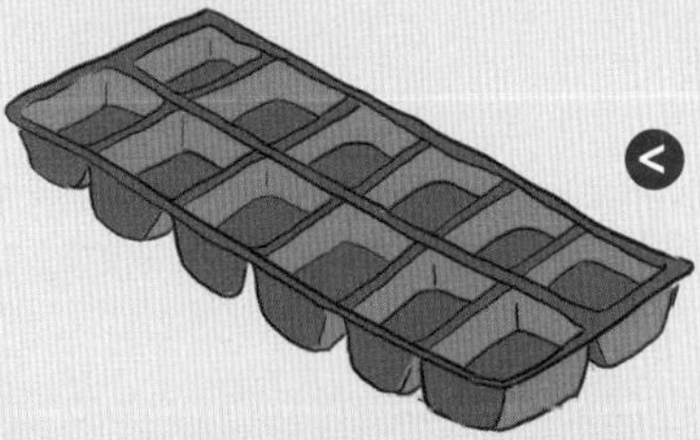

냉동실이라. 내가 해줄 수 있는 최선의 조언은 단 하나다. 냉동실은 가능하면 비워둬라. 냉동실은 진짜, 진심으로 엉망진창 개판이다. 지구에서 빙산이 절대 녹지 않는 마지막 장소이기도 하다. 여기에는 제발 얼음 틀만 보관하자 (어차피 얼음 틀에 물을 채우는 것조차 까먹겠지만).

냉장고의 미스터리

냉장고 정리는 단지 정리정돈 능력만 시험하지 않는다. 우리 인간관계도 시험대에 오른다. 냉장고 안에서 자라난 소름 끼치는 털투성이 물질을 없애는 작업을 부부가 분담하는 일은 두 사람 관계의 강점과 약점을 알려준다. 냉장고에 퍼진 곰팡이 별자리를 보고 부부 애정도를 알려주는 정확한 점성술 지도를 만들 수 있다고도 하던걸. 그렇다고 집에서 시도해보는 사람은 없겠지?

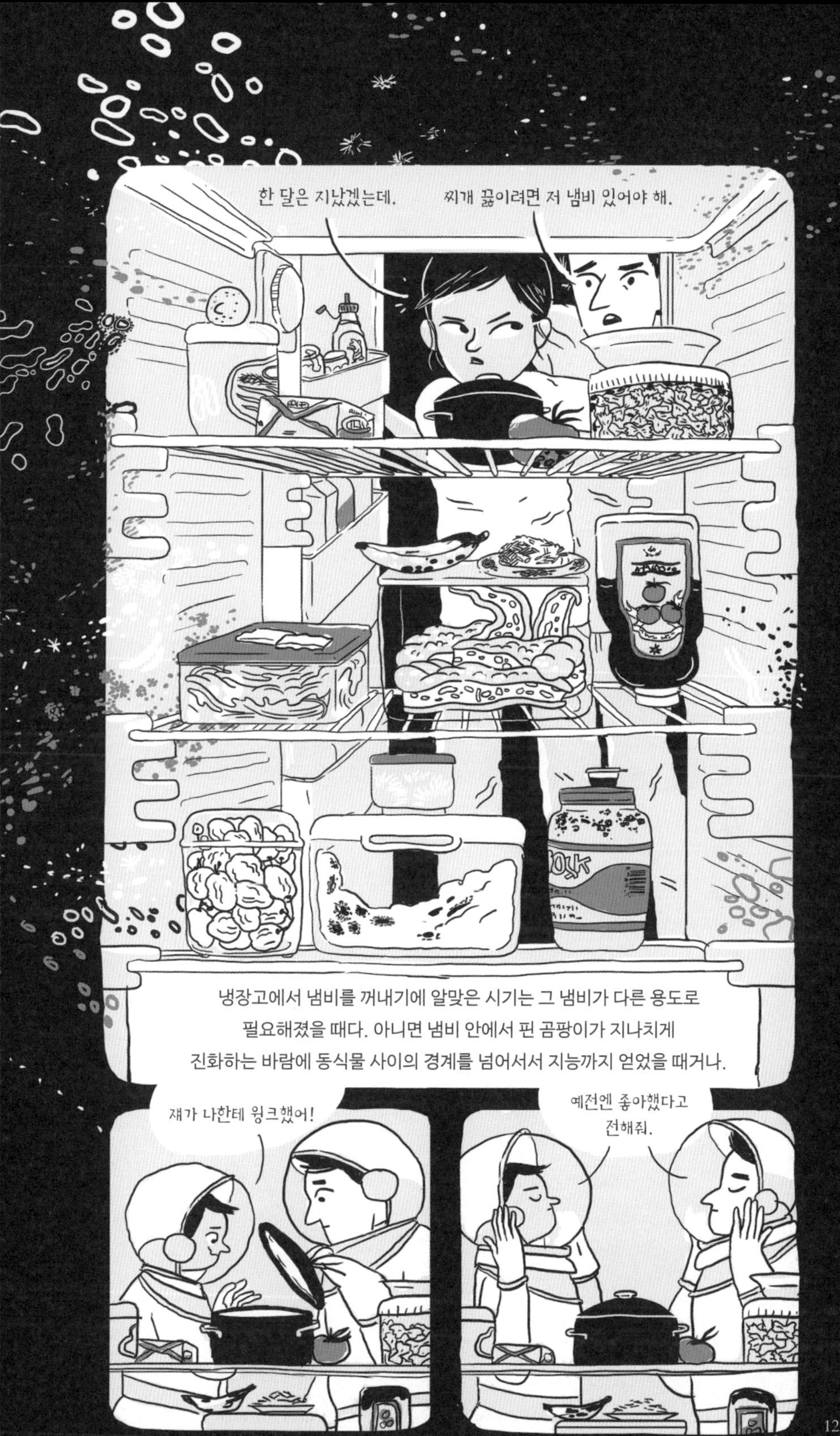

한 달은 지났겠는데.
찌개 끓이려면 저 냄비 있어야 해.
냉장고에서 냄비를 꺼내기에 알맞은 시기는 그 냄비가 다른 용도로 필요해졌을 때다. 아니면 냄비 안에서 핀 곰팡이가 지나치게 진화하는 바람에 동식물 사이의 경계를 넘어서서 지능까지 얻었을 때거나.
쟤가 나한테 윙크했어!
예전엔 좋아했다고 전해줘.

거실을 정리하지 않고도 정리하는 법

거실은 남부끄러운 비밀을 은밀히 품은 장소다. 이게 다 소파 때문이다.
물론, 소파는 가정의 사교 활동과 미적 취향의 중심이지.
하지만 헤아릴 수조차 없는 수의 동전과 부스러기,
길 잃은 장난감을 덥석덥석 집어삼키는 블랙홀이기도 하다.

겉으로는 소파가 부드럽고, 아늑하고,
티끌 하나 없어 보이겠지. 그런데 안을
들여다보면, 쓰레기와 파멸의 왕국이라는
평행 우주가 소용돌이치고 있다. 잡동사니가
길을 헤매다 다다를 곳이 바로 여기다.
그래서 소파는 무조건 쿠션으로
뒤덮어 두는 게 상책이다.

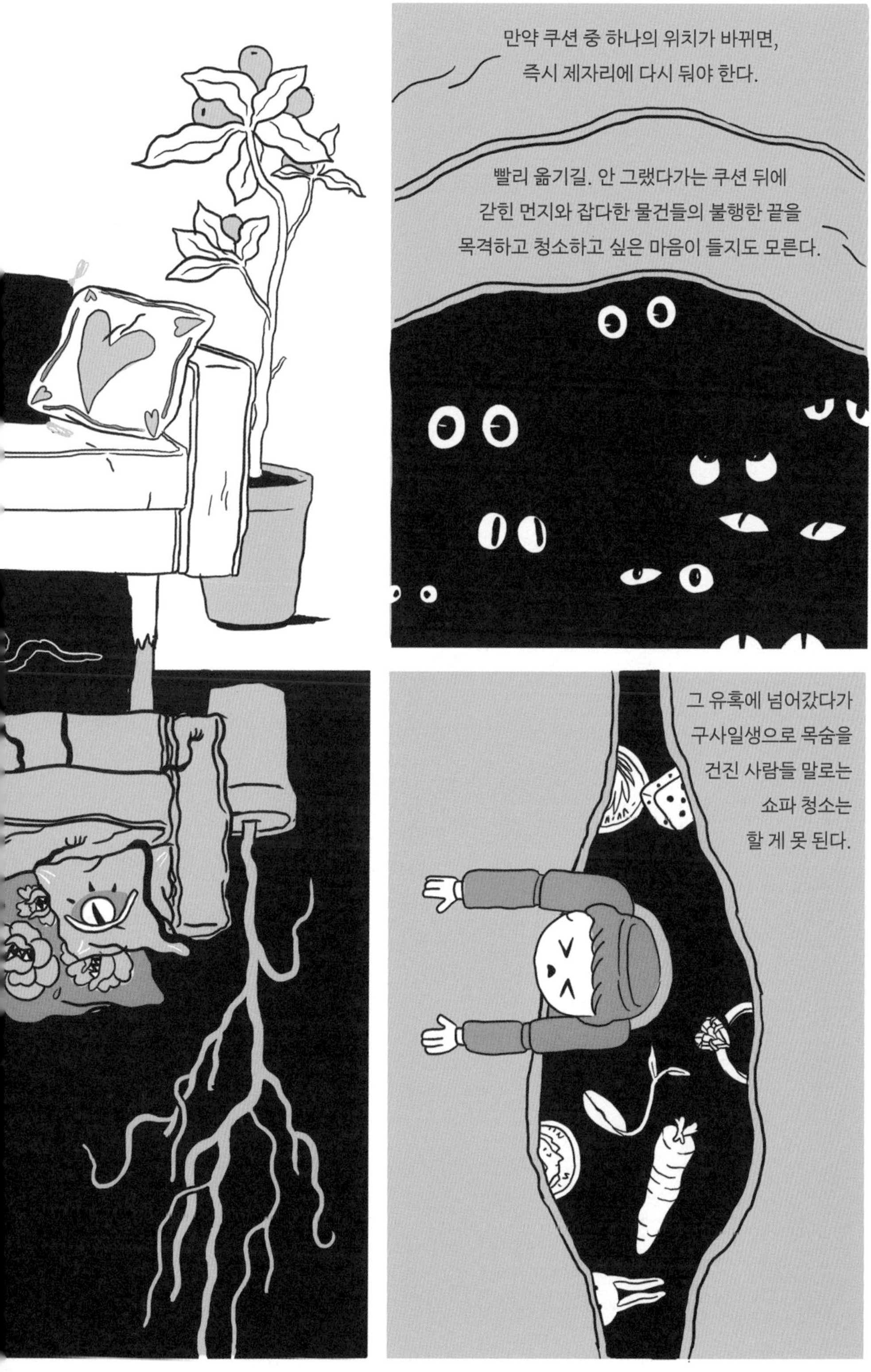
만약 쿠션 중 하나의 위치가 바뀌면,
즉시 제자리에 다시 둬야 한다.
빨리 옮기길. 안 그랬다가는 쿠션 뒤에
갇힌 먼지와 잡다한 물건들의 불행한 끝을
목격하고 청소하고 싶은 마음이 들지도 모른다.
그 유혹에 넘어갔다가
구사일생으로 목숨을
건진 사람들 말로는
쇼파 청소는
할 게 못 된다.

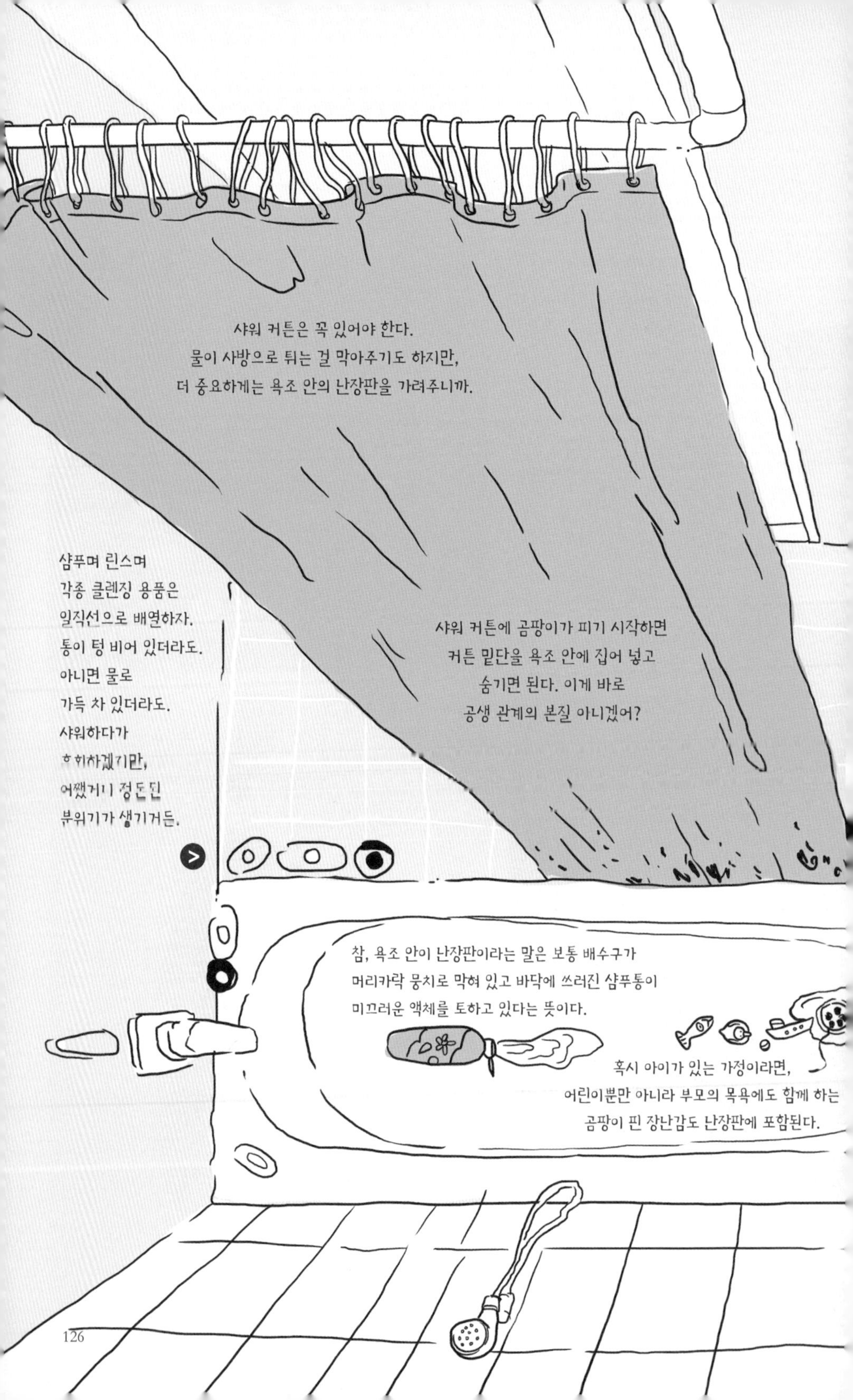
샤워 커튼은 꼭 있어야 한다.
물이 사방으로 튀는 걸 막아주기도 하지만,
더 중요하게는 욕조 안의 난장판을 가려주니까.
샴푸며 린스며
각종 클렌징 용품은
일직선으로 배열하자.
통이 텅 비어 있더라도.
아니면 물로
가득 차 있더라도.
샤워하다가
후회하겠지만,
어쨌거나 정돈된
분위기가 생기거든.
샤워 커튼에 곰팡이가 피기 시작하면
커튼 밑단을 욕조 안에 집어 넣고
숨기면 된다. 이게 바로
공생 관계의 본질 아니겠어?
참, 욕조 안이 난장판이라는 말은 보통 배수구가
머리카락 뭉치로 막혀 있고 바닥에 쓰러진 샴푸통이
미끄러운 액체를 토하고 있다는 뜻이다.
혹시 아이가 있는 가정이라면,
어린이뿐만 아니라 부모의 목욕에도 함께 하는
곰팡이 핀 장난감도 난장판에 포함된다.

욕실을 정리하지 않고도 정리하는 법

욕실의 미스터리
샤워는 안전하고 무엇이든 가능하면서도 한계조차 없는 평행 우주 같다.
샤워 다 하고 나가면 과속 딱지 날아온 거 바로 벌금 내야지!
설거지도 하고 피부과 예약도 잡아야겠다. 밀려 있는 메일에도 전부 답장 쓸 거야.
우와! 기후 위기를 해결할 훌륭한 방법도 생각났어!
전부 너무 간단하잖아!

샤워할 때면
우리 마음속에는
가짜 활기와
가짜 결단력이
부풀어 오른다.
갑자기 모든 문제가
별거 아닌 것처럼 보인다.
당장 해결할 수 있을 것 같아.
어떤 아이디어든
천재적이고
기발해 보이거든.
팀장님한테
침착하게 설명할 거야.
연봉 안 올려주면
때려치울 거라고!
하지만 모든 샤워에는
끝이 있다. 그게 문제다.
아, 피곤하네. 그냥 자야겠다.

아이 방을 정리하지 않고도 정리하는 법

아이들 방은 정리하지 않고도 정리하기가 조금 더 어렵다.
여긴 전반적으로 정리 자체가 어렵다….

정리는 시도조차 하지 말자. 그냥 이런 방이
아이들 창의성이나 독립성이나 아니면
뭐 비슷한 거에 좋다고 하면 어떨까.

고대 그리스 신화에서 정리정돈을 잘하는 인물을 꼽아보자면 판도라가 있다. 판도라는 물건을 상자 안에 내버려 두는 일이 얼마나 중요한지 이해하지 못한 탓에 전부 꺼내 이케아 양말 정리함에 정리하려고 했다. 그래서 덜컥 상자를 열었다가 온 세상에 재앙과 질병, 무질서를 풀어놓고 말았다.

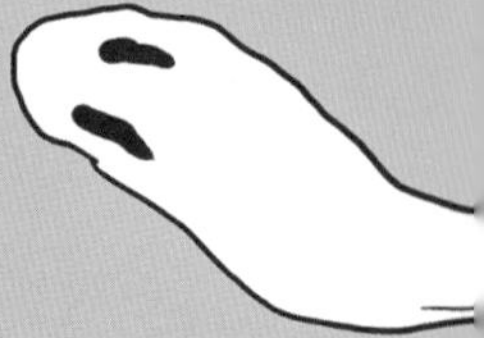

사실 시시포스는 아이들 방을 치우는 형벌을 받았지만 처음 받는 벌치고는 너무나 가혹하여, 자비를 베푼 신들이 지하 세계의 산꼭대기로 바위를 밀어 올리는 벌로 바꿔줬다는 전설이 있다.

06

정리정돈의 신

이번 장에서는 신 중에서도 핵심인 신들을 알아보자. 이름하여 정리정돈의 신들. 나는 정리정돈을 잘하는 사람들을 미워하지 않는다. 내 절친 중에도 체계적인 애들이 있다고. 그냥 그런 사람들이 부러울 뿐이다. 내가 보기에 정리정돈을 잘하는 사람들은 체계적이고, 기능적이고, 거의 환상이나 다름없는 삶의 모델을 상징한다. 우리 집을 둘러보면 소파에 세탁물이 산더미처럼 쌓여 있는데, 그 사람들의 손길이 닿는 곳은 어디든 깨끗하고 반짝거리고 깔끔하고 효율적이다. 게다가 체계적인 사람들은 무슨 문제든 통찰력과 꿀팁을 알고 있는 것 같단 말이지.

그렇다고 해서 체계적인 사람들이 어찌할 바를 몰라서 헤매지도 않거나, 무기력에 빠지지도 않고, 혼란스럽게 느끼지도 않는다는 말이 아니다. 그들은 일을 질서정연하고 조직적으로 처리하는 일에 탁월하지만, 다른 사람들의 상황과 처지를 이해하는 일엔 서툰 것처럼 보인다. 이들의 거들먹거림은 단 한 문장으로 요약할 수 있다. "뭐가 문제야? 뭐든 제자리에 두기만 하면 찾을 수 있는데."

물론, 체계적인 사람들도 엉망진창인 사람들처럼 각자 개성이 다르다.
소수만 모인 이 그룹도 지위와 종류가 나뉘어 있다.

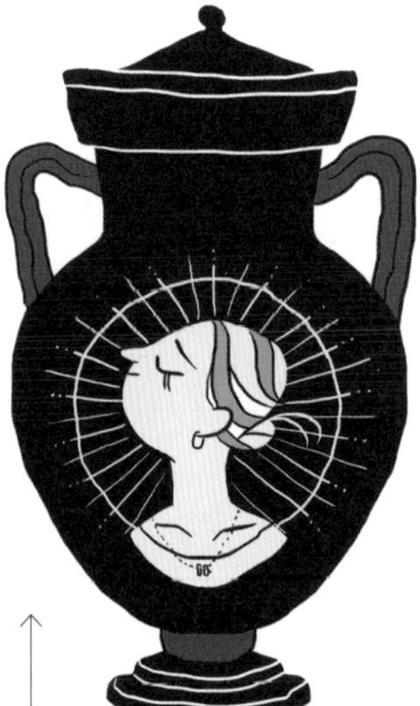

노력파

타고난 정리정돈 전문가는 아닌 유형. 그런데 이 사람들은 공간을 깔끔하게 유지하는 것이 너무나 중요해서(아마 어릴 때 무슨 일이 있었겠지) 정리하는 데 노력을 엄청나게 많이 들인다. 그래서 다른 일에는 그다지 에너지를 쏟지도 않고 인내심을 보여주지도 않는다.

타고난 정리정돈의 신

이 부류에 속한 사람들에게 계획과 조직, 정리는 숨 쉬듯 자연스러운 일이다. 이 사람들은 업무 미팅과 가족 행사, 자녀의 놀이 약속 등을 달력에 전부 다른 색깔로 표시해둔다. 이들은 정리정돈하는 데 에너지가 별로 들지 않는다. 그래서 그런지 매일 활기차고 생기 넘치더라.

샴푸의 요정

이 유형의 사람들이 보여주는 깔끔함에는 스타일이 녹아 있다. 청결이 단순한 기능성과 실용성을 넘어서서 예술이 되었다고나 할까? 이 사람들은 작고 신기하게 생긴 바구니에 수건과 포푸리를 넣는다. 사실, 작고 신기하게 생긴 바구니에 별별 걸 다 넣는다. 심지어 이 사람들은 늘 싱그러운 허브 샴푸 향기를 남기고 지나간다. 오후 3시일지라도.

개혁가
원래 엉망진창이었다가
새로운 (그리고 깔끔한)
사람으로 다시 태어난 경우,
우리처럼 여전히 엉망인
사람을 보면 늘 청결함을
받아들여서 광명을 찾으라고
설득하려 든다. 눈만 마주치면
이케아에서 양말 정리함을
사라고, 집 열쇠를 마지막으로
본 곳은 어디인지
떠올려 보라고 달려들지.

폭발 직전 잠재적 변절자
아슬아슬하게 청결함을
유지하는 사람들.
현대 세계가 요구하는
질서와 체계가 지긋지긋한
이들은 혼돈과 어수선함의
세계 바로 바깥에서
서성거리고 있다. 그래도
어쨌거나 자기 인생을
바꾼 책이라면서 정리정돈
비법에 관한 안내서를
추천할 것이다(아니,
이 책을 말하는 건 아니고…).

숨은 실력자
이 사람들은 겉으로만 보면
체계적인지 아닌지 도무지
알 수 없다. 왜냐면 정말
평범한 사람처럼 보이거든.
그런데 회사/학교/행사/
유치원 파티 등등에서
이 사람들과 같은 팀이 되면
이들의 숨은 조직력을
알 수 있다. 케이크나 피자를
아주, 아주, 아주 정확하게
나눠서 잘라달라고 해보길.

엉망인 사람들은 기존 유형에서 벗어나 새로운 영역으로 자주 떠나는 반면, 체계적인 사람들은 대체로 기존 질서를 그대로 지키고 원래대로 유지한다.

사실, 나는 체계적인 사람들을 싫어한다.
아주 조금은.
그 사람들과 나를 굳이 비교할 필요가
없다는 걸 잘 알지만, 또 비교하지 않는 게
너무 힘들거든. 비교해보면 꼭 공평하지
않다는 결론에 이르게 된단 말이야.
어느 때든
어떤 상황이든
상관없다.
어떤 문제든…

체계적인 사람이
훨씬 유리하다.
이게 진실이다.

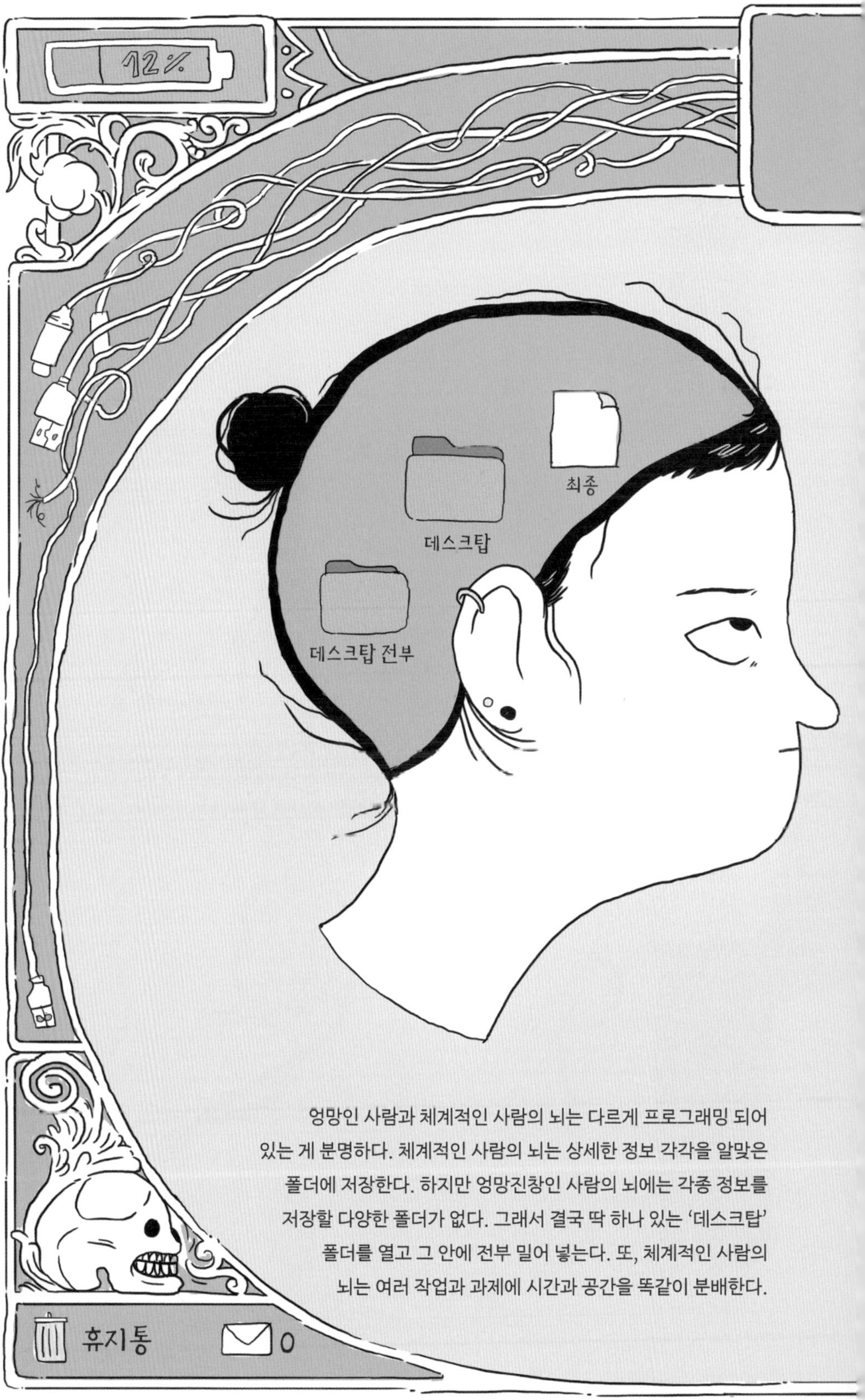

엉망인 사람과 체계적인 사람의 뇌는 다르게 프로그래밍 되어 있는 게 분명하다. 체계적인 사람의 뇌는 상세한 정보 각각을 알맞은 폴더에 저장한다. 하지만 엉망진창인 사람의 뇌에는 각종 정보를 저장할 다양한 폴더가 없다. 그래서 결국 딱 하나 있는 '데스크탑' 폴더를 열고 그 안에 전부 밀어 넣는다. 또, 체계적인 사람의 뇌는 여러 작업과 과제에 시간과 공간을 똑같이 분배한다.

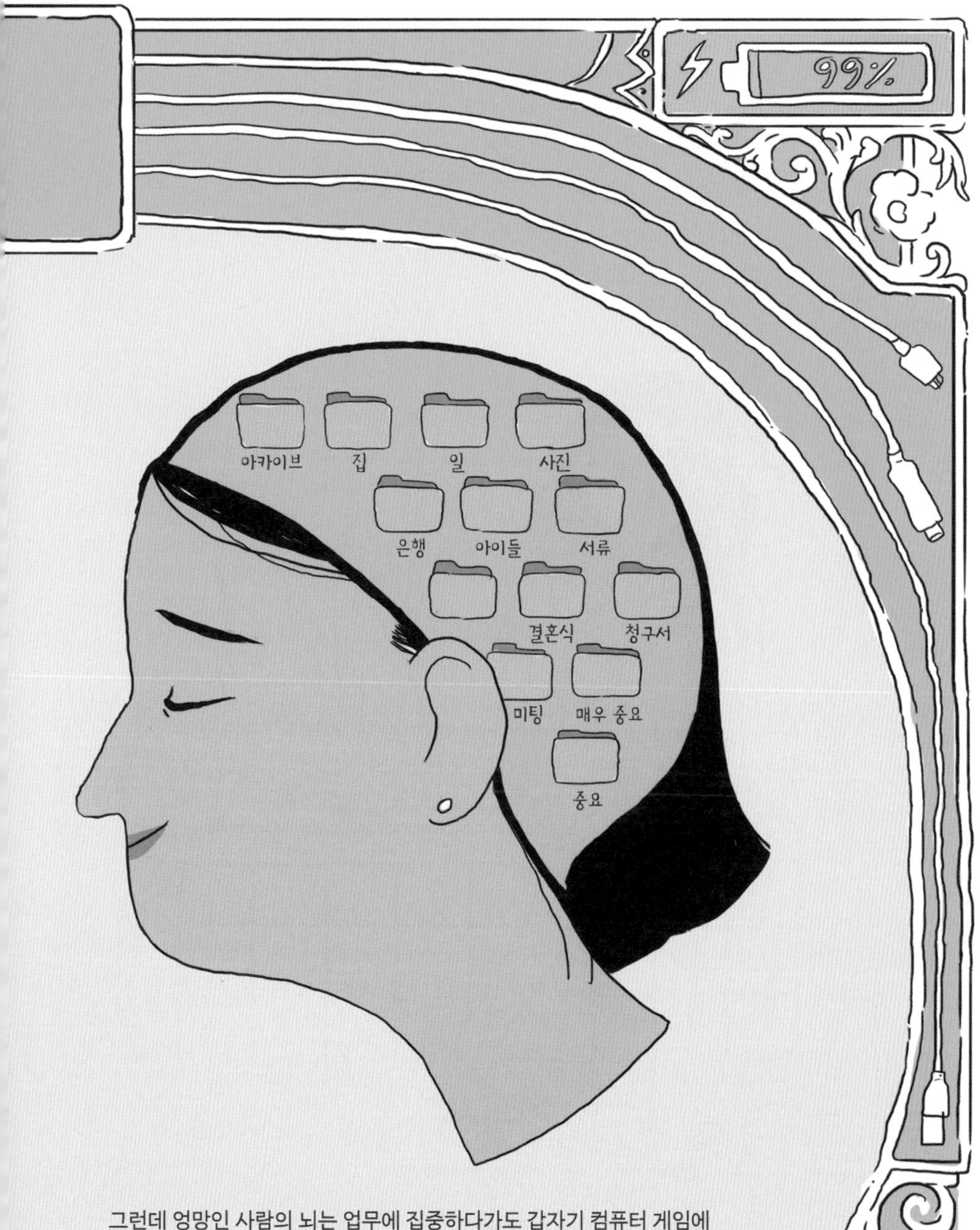

그런데 엉망인 사람의 뇌는 업무에 집중하다가도 갑자기 컴퓨터 게임에 빠지거나, 위키피디아에서 불개미를 다룬 내용을 처음부터 끝까지 샅샅이 읽는다. 체계적인 사람의 뇌는 미리 계획을 세운다. 샤워하러 가기 전에 수건을 챙기는 것을 잊는 법도 없다. 하지만 엉망인 사람이 수건 챙기기를 잊지 않았다면 놀라서 자빠질 일이다. 혹시나 수건을 챙겼더라도 손바닥만 한 손수건일걸.

이제 몇 가지 부문에서 두 사람을 간단하게 비교해보자.

샤워

샤워 커튼은 꼭 긴장을 늦추고 있는 순간에
(보통은 샤워를 시작하고 드디어 몸이 따뜻하게 느껴질 무렵에)
느닷없이 나한테 달려들어서 몸에 착 달라붙는다.
앗, 온수 보일러 켜는 걸 잊었네.
샴푸가 없다.
(샴푸통이 분명히
무거웠거든-
에이 다 물이었네,
심지어 꽝꽝 얼었어!)
샴푸통은 욕조
가장자리에
쓰러져 있다.
수건이
너무 작다.
바닥은 너무
미끄럽고.
기다란 머리카락 몇 가닥이
바닥의 배수구를 막으려고
작당모의하는 중이다.
샤워기 헤드와 호스 사이에 틈이 있다.
그래서 짜증 나는 물줄기가 끝도 없이
사방팔방 제멋대로 뿜어져 나온다.
이 치약 반년 전에 이미 다
썼거든. 그런데 아직도 치약이
찔끔찔끔 나와. 이건 기적이야!

아침에 상쾌하게 샤워할 수 있게 온수 보일러 타이머를
기상 전 30분으로 맞춰놨다. 저녁에는 퇴근 시간 전 30분으로 맞춰놨고.
작은 욕실 선반에
샴푸와 린스 등이 제대로
뚜껑이 닫힌 채(!)
가지런히 줄지어
서 있다.
여분의 샴푸와 수건, 향기 나는 비누가
하나씩 더 준비되어 있지.
샤워볼, 머릿수건, 푹신푹신한 목욕 가운,
바닥이 미끄러지지 않게 깔아둔 욕실 매트.
샤워기의 수압은 적당히
강하고 안정적이어서
지친 근육을 풀어준다.

가족 식사

체계적인 사람들은 식탁을 꾸미는 데도 뛰어나다. 이 사람들이 상을 차리면, 접시는 모두 같은 디자인이고 포크는 서로와 짝이 맞을 뿐만 아니라 심지어 나이프하고도 짝이 맞다.

체계적인 사람들은 식탁 러너라는 것도 사용한다. 러너는 대체 어쩌다가 만들어졌는지 도무지 이해가 안 되는 천 쪼가리다. 천을 잘못 재단하는 바람에 만들어진 것 같은 이 물건이 시크한 트렌드라고 하더라.

체계적인 사람은 엉망인 사람에게는 없는 온갖 주방용품을 갖고 있다. 예를 들어 병따개는 필요할 때마다 어김없이 나타난다. 냅킨 고리도 있고, 치즈 포크도 있다. 방부처리 도구처럼 보이는 저 작은 스쿱 같은 물건은 수박을 자그마한 공 모양으로 뜨는 데 쓴다고 하던데.

그들은 엉망인 사람들이 갖고 있는 접시와 도구도 당연히 갖추고 있다. 그런데 이들은 그 접시와 도구를 어디에 뒀는지 정말로 기억하고, 필요할 때마다 찾을 수 있다. 왜 샐러드 집게나 오븐 장갑, 뜨거운 냄비를 얹을 받침 같은 것들 있잖아(참고로 모서리가 타버린 행주는 받침으로 쳐주지 않는다).

목록

목록은 체계적인 삶을 떠받치는 중요한 기둥이다. 목록을 짜는 일은 어딘가 의례적이고 신비롭게 느껴진다. 해야 할 일을 써두면 그 일이 정말로 일어난다! 그러니까 체계적인 사람이 목록을 썼을 때 말이다.
체계적인 사람은 목록을 만들 때 다음을 사용한다.

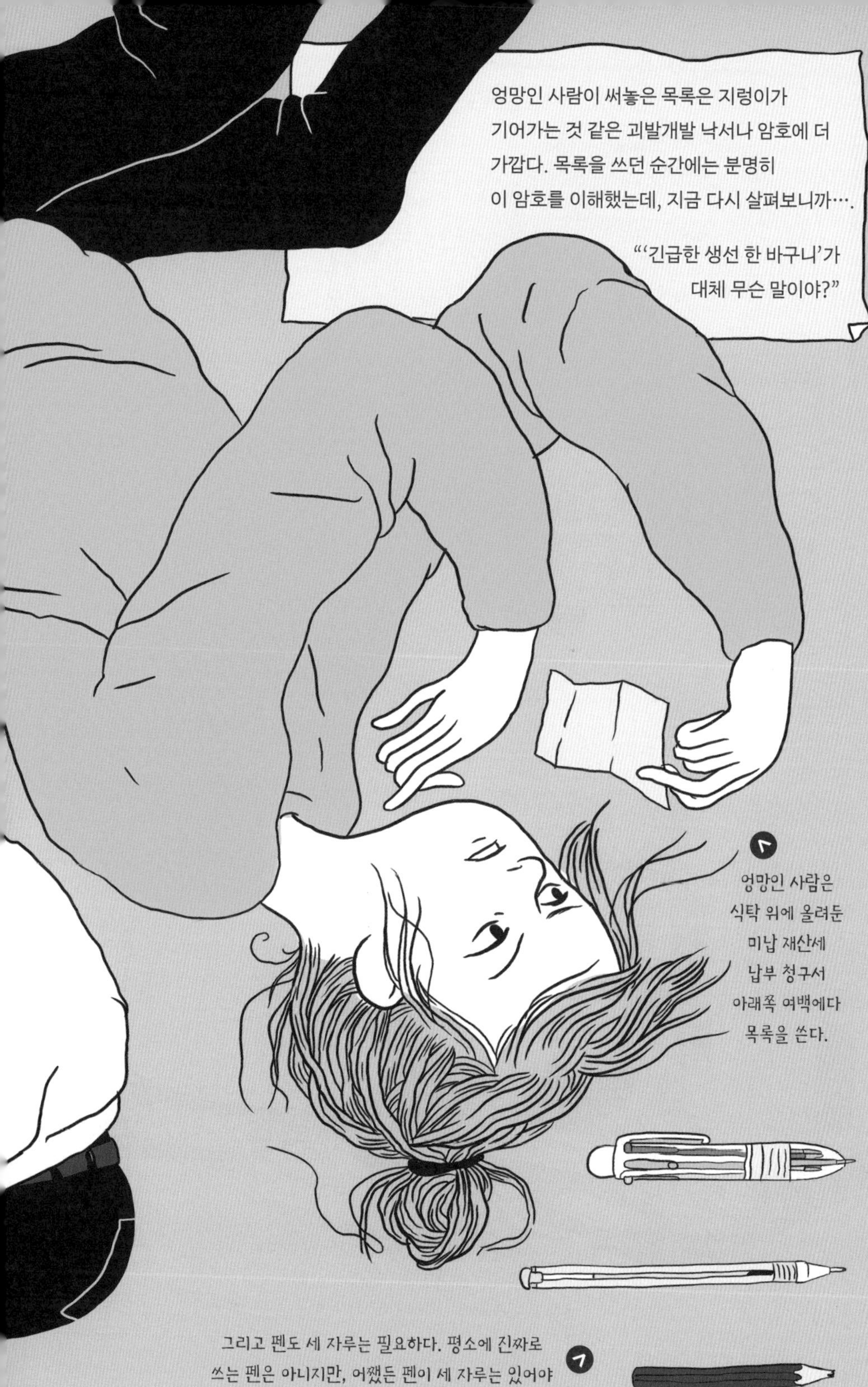

엉망인 사람이 써놓은 목록은 지렁이가 기어가는 것 같은 괴발개발 낙서나 암호에 더 가깝다. 목록을 쓰던 순간에는 분명히 이 암호를 이해했는데, 지금 다시 살펴보니까….

“‘긴급한 생선 한 바구니’가 대체 무슨 말이야?”

엉망인 사람은 식탁 위에 올려둔 미납 재산세 납부 청구서 아래쪽 여백에다 목록을 쓴다.

그리고 펜도 세 자루는 필요하다. 평소에 진짜로 쓰는 펜은 아니지만, 어쨌든 펜이 세 자루는 있어야 문장 한 줄을 완성할 만한 잉크가 모일 테니까.

짐 싸기

체계적인 사람의 여행 가방은 여행지, 여행지의 날씨,
여행 기간, 양치질의 중요성에 꼭 들어맞는다.

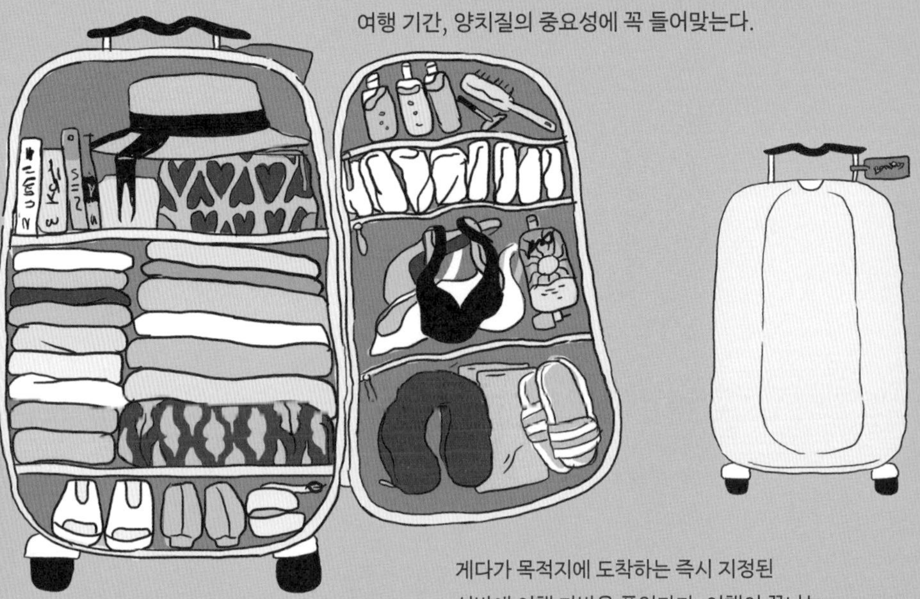

체계적인 사람은 여행 가방 속 다양한 수납공간을 최대한 활용한다. 크림이나 로션이 새는 만일의 사태를 대비하려고 비닐 지퍼백도 사용하더라.

게다가 목적지에 도착하는 즉시 지정된 선반에 여행 가방을 풀었다가, 여행이 끝나는 순간 다시 가방을 싼다. 집에 돌아오면, 두 시간 이내에 모든 옷이 옷장의 제자리로 돌아가리라고 확신할 수 있다.

굳이 밀할 필요도 없겠지만 그래도 알려주자면, 그들은 속옷의 개수를 하나 빠뜨리는 법 없이 여행 일수에 정확하게 맞춰 챙겨온다. 여행지에서 필요한 다른 물건도 전부 마찬가지고.

엉망인 사람의 여행 가방은 신중한 생각과 장기적 계획이라고는 전혀 없는 의식의 흐름과 비슷하다. 깨끗한 세탁물 더미에서 빼낸 옷이랑 책 한 권, 뚜껑이 잘 닫히지 않은 치약을 넣어둔 화장품 파우치까지 온갖 물건이 마구 들어차 있다.

집에 돌아온 후에도 여행 가방은 최대 1~2주 정도 그대로 유지될 것이다. (화장품 파우치는 이번에도 예외다. 아직 안 말랐거든.)

엉망인 사람은 목적지에 도착해서도 짐을 풀지 않고 그냥 그대로 내버려 둔다. 여행 가방은 이동식 옷장이나 마찬가지니까. 아, 화장품 파우치는 빨아야 하니까 예외다. 뚜껑을 제대로 닫지 않은 치약이 폭발해서 죄다 치약 범벅이 되어버렸거든.

바로 이런 식으로 타임캡슐이 발명됐다고들 하던데. 어쨌거나 엉망인 사람의 여행 가방은 청동기 시대로 거슬러 올라가는 고고학에 엄청나게 이바지했다.

계절

엉망인 사람은 예상치 못한 일정 변경에 능숙하게 대처하지 못한다(참고로 어떤 변경이든 거의 다 예상치 못한 것이라고 봐야 한다. 엉망인 사람은 메시지도 잘 확인하지 않고, 새로 바뀐 정보를 기억하지도 않는다). 그래서인지 엉망인 사람들은 계절 변화에도 깜짝 놀란다. 그런데 깔끔하고 체계적인 사람은 이런 문제를 겪지 않거든. 체계적인 사람이 엉망인 사람보다 우월하다는 사실이 여기서 또 증명되었다.

"왜 그렇게
찡그리고 있어?"
"선글라스랑 물병 챙기는 걸
잊었거든. 아 수건도.
온몸에 모래가 덕지덕지
달라붙었어. 게다가 이렇게
더울 줄도 몰랐어."
엉망인 사람의 유리한 점은 여름이건 겨울이건
옷장 속 옷가지를 절대 바꾸지 않는다는 것 딱 하나다.
"어머, 큰일이네.
방금 막 겨울옷을 다
집어넣었는데."
"아, 난 그런 거 절대 안 해."

욕실의 작은 수납장

체계적인 사람에게 욕실의 수납장은 작지만 쓸모 있는 캐비닛이다.
몸을 청결하고 아름답게 관리하는 데 날마다 필요한 물건을 모두 보관할 수 있으니까.
구급약품을 보관하는 공간도 당연히 따로 있고.
철두철미하게 깔끔하고 체계적인 사람은 무슨 물건이든 여러 종류로 갖추고 있다.

엉망인 사람에게 욕실의 작은 수납장은 케케묵은 약국과
마녀의 식료품 저장실을 뒤죽박죽 섞은 공간이라고 할 수 있다.

침실

누군가는 식사보다도 잠이 더 중요하다고 하지 않던가. 침실은 꿈나라에 빠진 사람에게 신전 같은 곳이다. 그렇기에 체계적인 사람들은 침실을 주로 침실로만 사용한다. 하지만 엉망인 사람은 조금 다르다. 엉망인 사람에게 침실이란 커다란 옷장이나 마찬가지거든. 그래서 침실에 물건이 좀 많다. 바닥에는 옷이 산처럼 쌓여 있고, 침대 밑에도 물건이 가득 들어차 있고, 침대 위에도 잡동사니가 널브러져 있다. 아, 슬리퍼 한 짝도 올라가 있군.

침대 밑 괴물에 관한 전설이 탄생한 곳이 다름 아닌 엉망인 사람의 침실이라고 하더라.

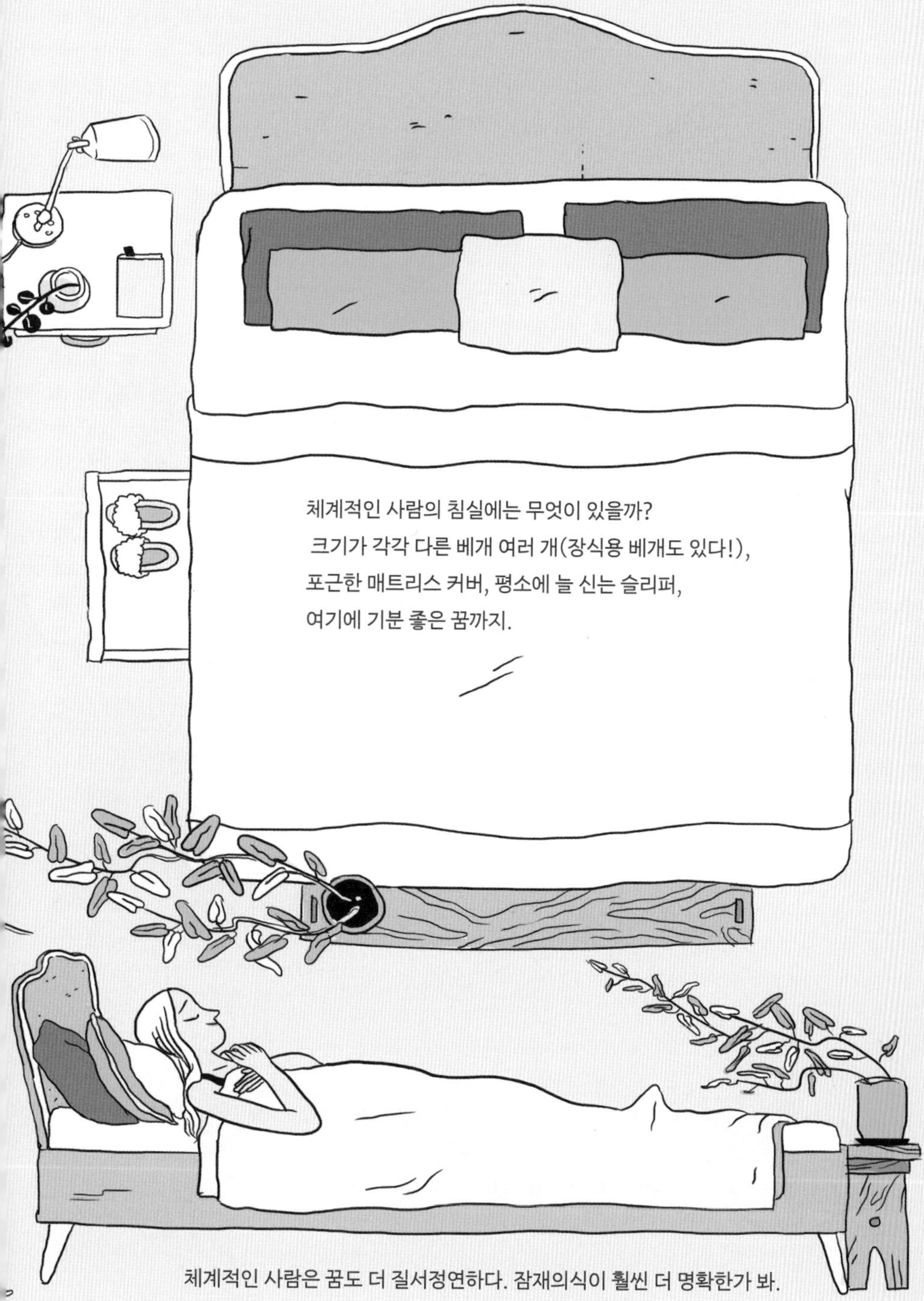

체계적인 사람은 꿈도 더 질서정연하다. 잠재의식이 훨씬 더 명확한가 봐.

자녀

아이가 외부 요소 때문에 엉망인 사람으로 자라나는지, 아니면 그냥 처음부터 엉망인 아이로 태어나는 건지(이게 맞다니까)를 두고 논쟁이 격렬하다. 이 논쟁은 시작일 뿐이다. 체계적인 사람과 엉망인 사람의 자녀 사이에 차이가 있는지 없는지를 두고도 논란이 분분하니까. 아이들에게 장기적으로 영향을 미칠 일도 많겠지만, 어린 나이에는 보통 자질구레한 물건들이 가장 큰 문제다.

이런 차이가 아기의 기쁨에 부정적인 영향을 미치지 않는다는 사실에 주의하자. 텅 빈 페트병은 전 세계 아기들이 좋아 죽는 장난감이다. 이건 누구도 반박하지 못할 사실이라니까. 그리고 진짜로 뻥튀기는 눅눅할 때가 제일 맛있다. 하지만 엉망인 사람의 아기가 자라서 학교에 들어갔을 때, 부모가 허가서를 깜빡한 탓에 수학여행을 가지 못하는 일이 생길 수도 있다. 그건 좀 안타깝다.

이제 이번 장의 내용을 간단히 정리해보자. 우리 인생은 좋을 때도 있고 나쁠 때도 있다. 이 책에서 다룬 여러 상황을 맞닥뜨리면 체계적인 사람이라고 해도 질서와 효율성이라는 측면에서 기복을 겪을 것이다. 그래도 이 사람들은 다시 일어설 기회를 만나겠지.

하지만 엉망인 사람들은….
질서와 체계를 조금이라도 얻으려고 떠난 여정에서
자꾸 발을 헛디디고 비틀거린다. 저장된 일정을
미리 알려주는 구글 캘린더의 메시지는
기억에서 순식간에 삭제되고 만다. 달력의 3월 3일
일요일 칸에 왜 "날개"라는 단어를 썼는지
알아내려고 용을 써보지만 소용이 없다.
체계적인 사람이 더 낫다고 생각하는 건 아니다.
그런데 체계적인 사람하고 비교할 때마다
왜 그렇게 기분이 축 처지는지.

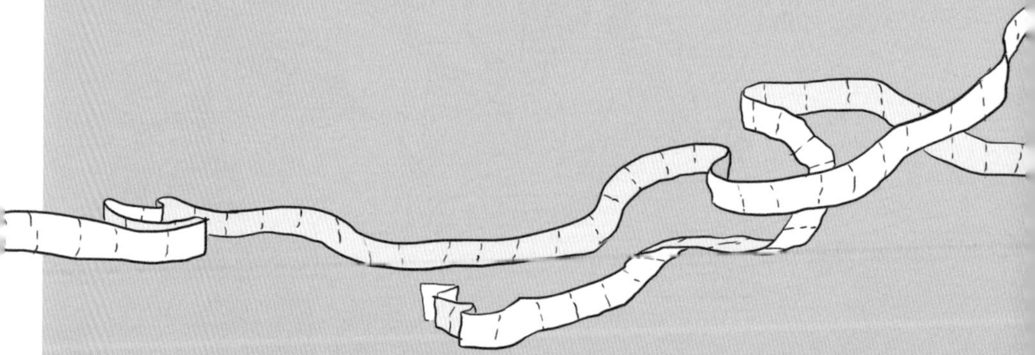

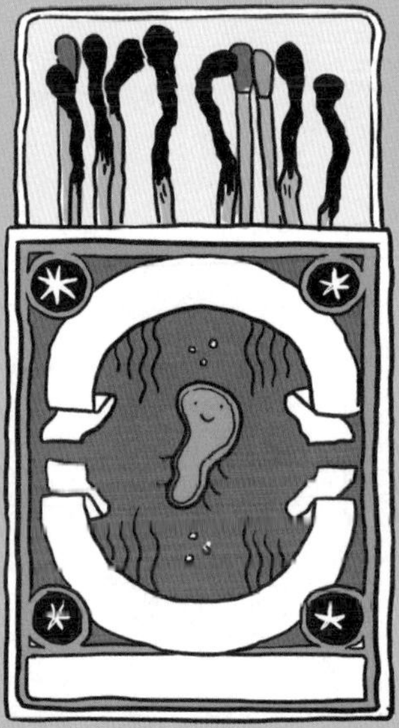

07

엉망인 사람에게는 진화상 이점이 있다

앞장에서 살펴본 내용을 요약해보자. 체계적인 사람들은 정확히 무슨 일을 해야 하는지 늘 마음속 깊이 잘 알고 있는 영웅이다. 엉망인 사람들은 정반대다. 엉망진창인 사람들은 갖은 역경을 이겨내고 성공할 수도 있는(하지만 못할 수도 있는) 평범한 인물이다. 딱 잘라서 말하겠다. 엉망은 매력적인 특성이 아니다. 근사한 이야기에 멋지게 녹아들지도 않고, 전설적이고 비범한 인물과 잘 어울리지도 않는다. 동화에서 가시밭길을 헤쳐 나가는 공주는 절대로 지저분하지 않다. 서사시의 영웅도 매번 칼을 찔러야 할 곳에 정확하게 꽂는다. 심지어 체계와 질서는 영웅과 대적하는 악당에게도 필요하다. 정연한 질서를 갖추지 못한 악당이라면 결코 세상을 정복하지 못할 테니까.

엉망진창은 언제나 조연의 특징이다. 약자와 패배자, 추방자가 보여주는 속성이라고 할 수 있지. 정확하지 못하고 세심하지 못하기로 악명 높은 역사 속 인물들을 생각해보라. 이들은 조금 어수선하고 지저분하다는 이유로 늘 가혹한 비판에 시달렸다.

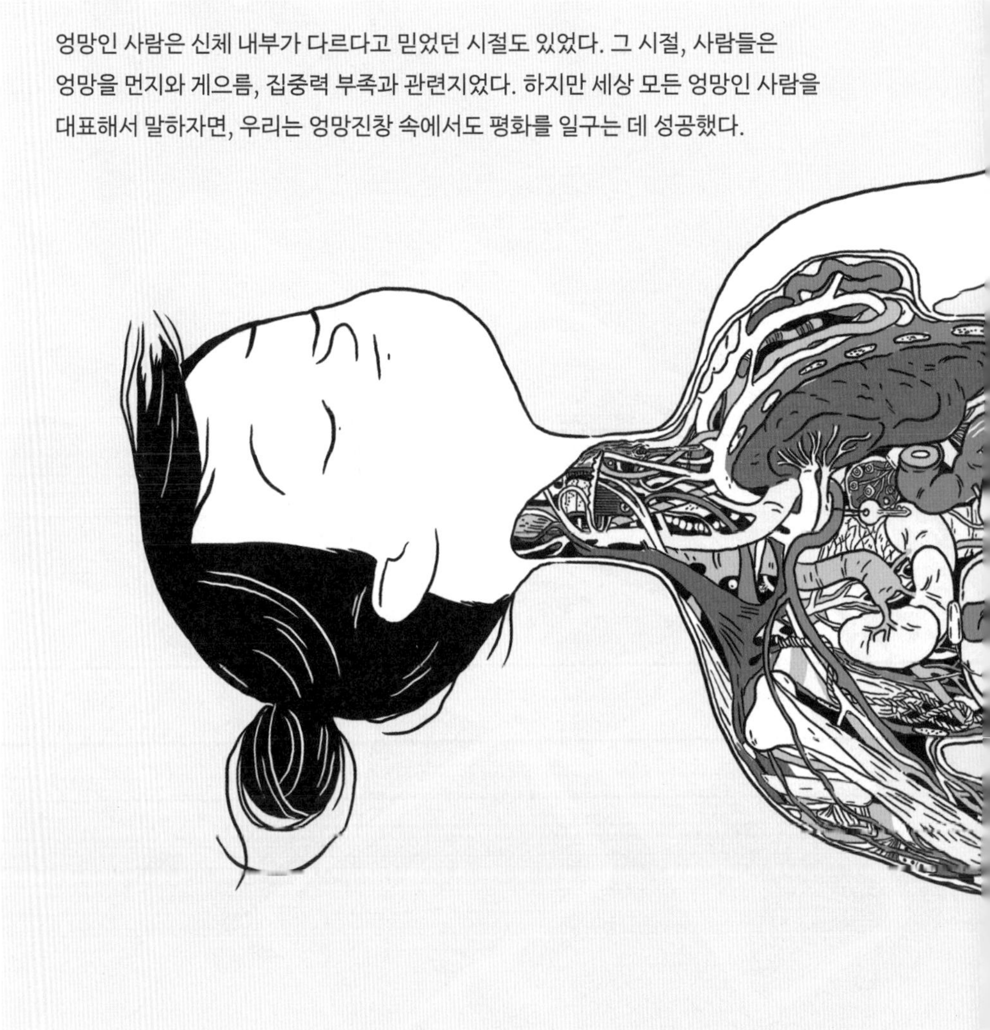
엉망인 사람은 신체 내부가 다르다고 믿었던 시절도 있었다. 그 시절, 사람들은
엉망을 먼지와 게으름, 집중력 부족과 관련지었다. 하지만 세상 모든 엉망인 사람을
대표해서 말하자면, 우리는 엉망진창 속에서도 평화를 일구는 데 성공했다.

우리는 갖가지 부정적 의견과
비판을 들은 후, 문제를
해결하는 법을 배웠다.

그렇다고 물건을
제자리에 두기
시작했다는 건
아니고.

박쥐가 초음파를 이용해서 깊은 동굴 속의 어둠을 극복하듯이,
우리는 엉망진창이라는 약점을 보완하는 신체적, 정신적 능력을
수 세대에 걸쳐 개발했다. 이 능력 덕분에 나머지 사람들을
뛰어넘는 진화상 이점까지 얻었지 뭐야.
그러니까 그냥
초능력을 개발한 거지.
대충 뭐 그런 셈이다.

1. 임시방편 초능력

엉망인 사람들이 필요한 물건을 제때 챙길 확률은 50%도 안 된다. 미리 생각하지 못해서 그럴 수도 있고, 애초에 그 물건을 잃어버렸기 때문일 수도 있다. 그래서 독창적으로 임시방편을 생각해내는 능력은 엉망인 사람들이 평범한 사람들보다 두 배나 더 뛰어나다. 임시방편 초능력 덕분에 엉망인 사람들은 곧잘 맞닥뜨리곤 하는 당황스럽고 짜증스러운 상황에서 벗어날 수 있다.

엉망인 사람들은 신체 동작을 섬세하게
조정하는 능력이 딱히 뛰어나지는 않지만,
떨어지는 물건을
본능적으로 잡아챌 때,
종종 감탄스러운
동작을 보여주곤 한다.
물론 애초에 물건을 제자리에
잘 뒀더라면 그런 묘기를 부릴 필요도
없었겠지만,
그래도….

2. 정신적으로 시간을 거슬러 올라가는 초능력

엉망인 사람들은 물건을 제자리에 두는 인지 능력이 없다(앞에서도 계속 지적했던 내용이다). 그래서 그 물건을 마지막으로 본 이후의 사건들을 추적하고 재구성하는 능력을 개발했다(잠깐, 이건 "그걸 마지막으로 본 곳을 떠올려 봐" 같은 말이랑은 다르다. 그 말은 누구에게도 도움이 되지 않는다고요).

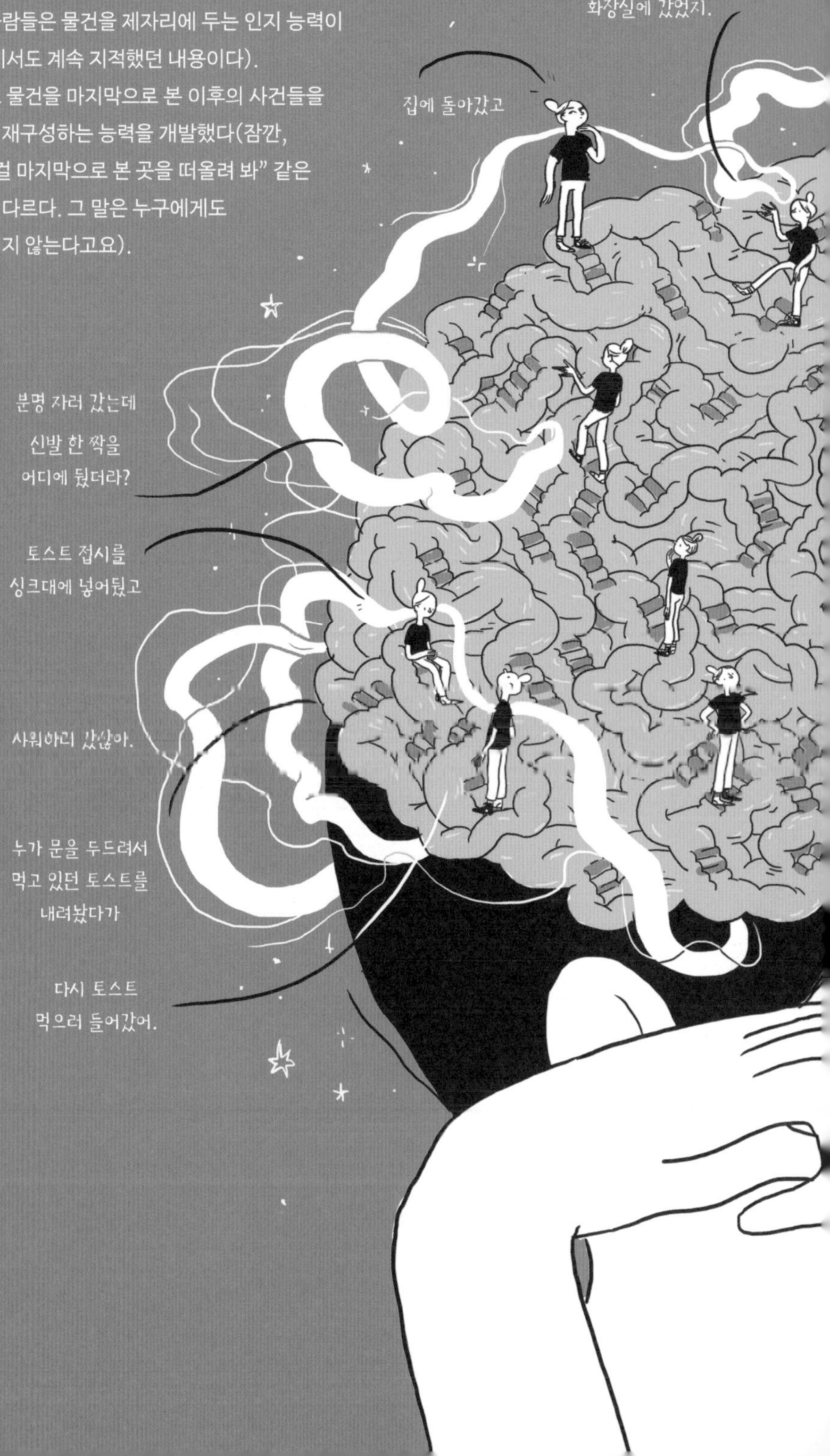

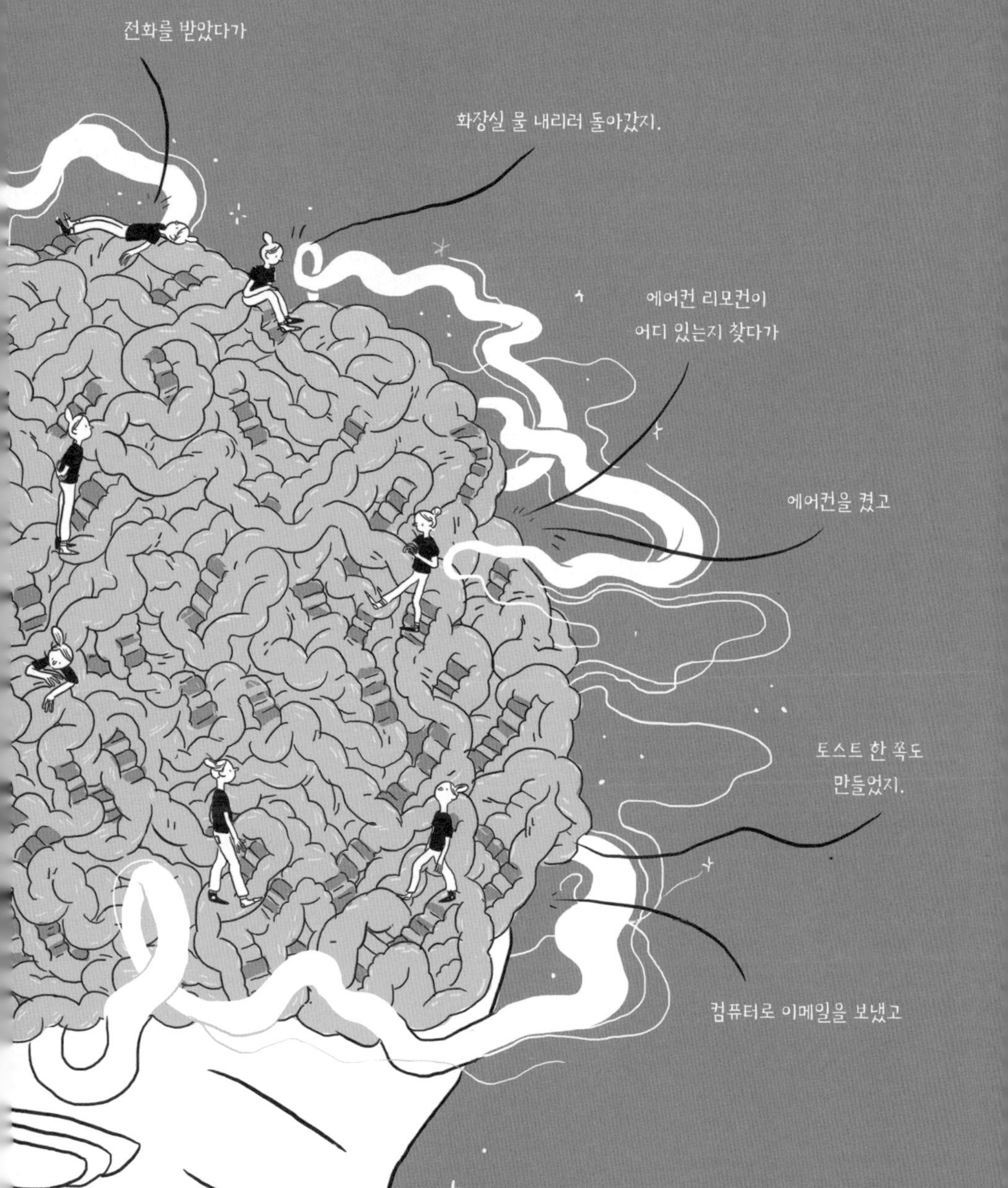

엉망인 사람들은 신발을 어디에 벗어뒀는지 (신발 두 짝을 전부 같은 장소에서 벗기는 했는지) 기억하지 못한다. 하지만 저녁에 현관문을 통과한 순간부터 현재 시각, 그러니까 다음 날 아침까지 이어진 전체 사건의 파편을 재구성할 수는 있다.

그런데 가끔은 이 초능력이 통제 불능에 빠져서
사건을 정확하게 재구성하지 못하기도 한다.
사실보다는 경솔한 착각에 근거할 때도 있고.
큰 힘에는 큰 책임이 따르는 법이니까 성급하게
결론을 내리지 않도록 조심하자….

이건 전부 계획범죄야!
국제 범죄 조직이 다단계로 작업한 거지. 일이 다 끝나면,
누군가가 내 열쇠를 복사하겠지!
그리고 아무 일도 없었던 것처럼 모두 제자리에 돌려놓고
어둠 속으로 사라질 거야….
열쇠를 바꿔야겠어! 문도! 아니, 아무래도 이사해야겠어!

3. 정신적으로 공간을 거슬러 올라가는 초능력

엉망인 사람은 시각 기억도 훨씬 더 뛰어나다(그렇지만 외출한 뒤에 문을 제대로 잠갔는지 아닌지 확신이 안 들어서 신경 쓰여 죽을 맛이다).

엉망인 사람이라면 이틀 전에 거실 램프 맞은편에 놓아둔 안락의자 밑에서 틀림없이 리모컨을 보았다는 사실을 기억할 것이다(무엇이든 절대 자리를 옮기지 말라는 현장학습 규칙!). 물건을 제자리에 두지 않는 습관과 특정 물건을 마지막으로 본 장소를 생각해내는 힘이 결합해서 탄생한 이 초능력은 엉망인 사람들이 갖춘 진화상 이점으로 입증되었다.

이 초능력은 어둠 속에서도 통한다!

만약 엉망인 사람의 방광이 과민하거나 아기가 과민하다면 어떻게 될까?
밤사이 위험천만한 곳으로 변한 집에서 무슨 일을 당할지 모른다.
이럴 때 엉망진창이 온 집안을 쓸어버린 상황에 대한 경이로운 기억력은 엉망인 사람이
어둠 속에서 화장실이나 아기 침대로 안전하게 가는 길을 찾는 데 도움이 된다.

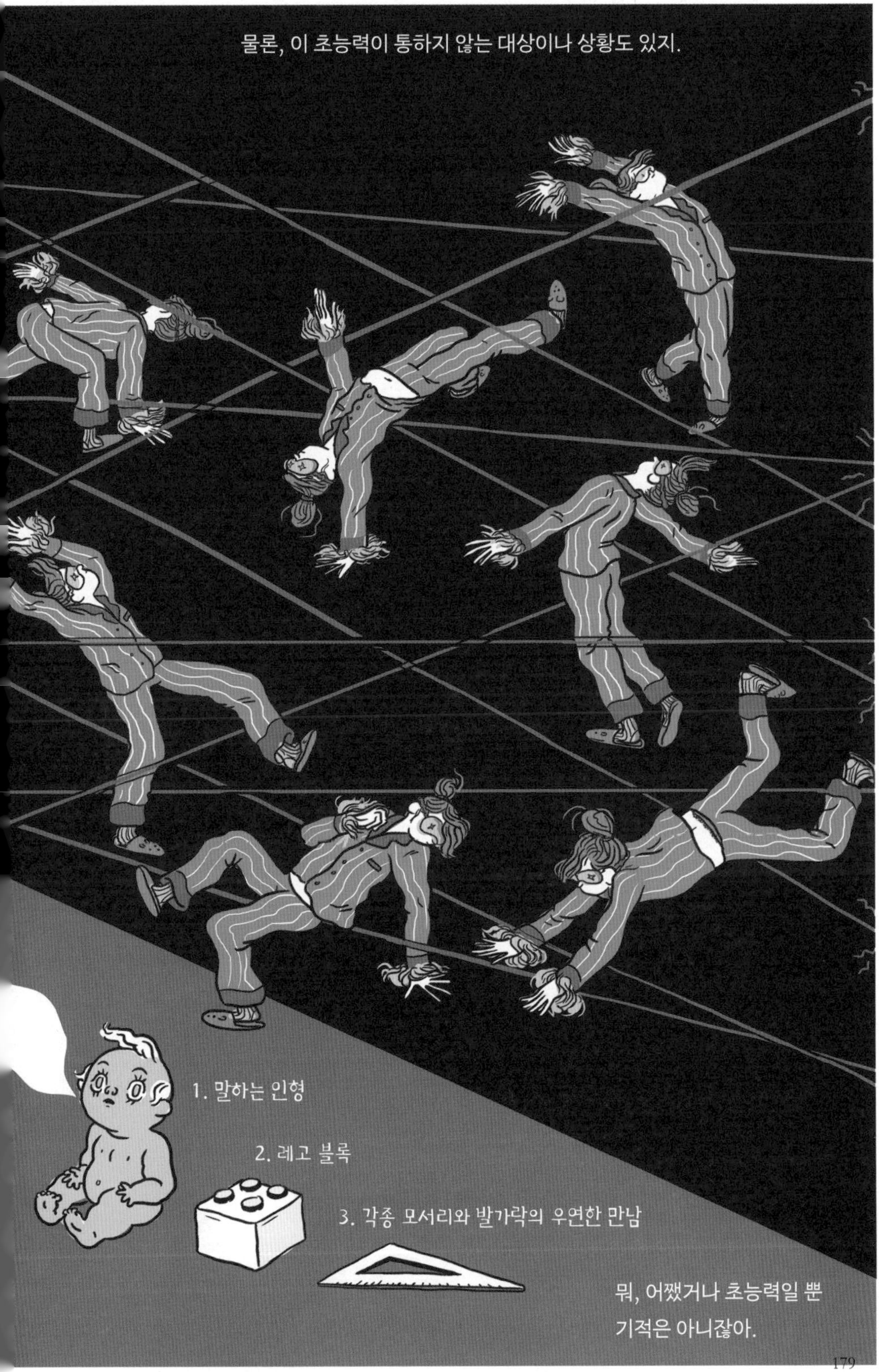
물론, 이 초능력이 통하지 않는 대상이나 상황도 있지.
1. 말하는 인형
2. 레고 블록
3. 각종 모서리와 발가락의 우연한 만남
뭐, 어쨌거나 초능력일 뿐
기적은 아니잖아.

4. 촉감만으로 사물을 알아맞히는 초능력

가방 안의 내용물과 가능하면 눈을 마주치지 않고도
원하는 물건을 꺼낼 수 있는 놀라운 감각이다.

5. 언제든 태연함을 유지할 수 있는 초능력

물건을 잃어버렸을 때

체계적인 사람은 지갑을 잃어버리면 온종일 우울해할 수 있다. 집 열쇠를 찾지 못하면 아예 이성을 잃을지도 모르고. 이 충격적인 상황에서 벗어나려면 흥분한 마음을 가라앉히고, 정리하고 조직하는 능력을 모조리 끌어모아야 한다.

"오늘 정말 즐거웠어.
아, 그런데 가방에 집 열쇠가 없네.
아무래도 동생네 집에 가서
자야겠어. 잘 가."

하지만 엉망인 사람에게는 지갑을 잃어버린 날이든 열쇠를 잃어버린 날이든 그냥 평범한 하루다. 엉망인 아이로 태어나 엉망인 어른으로 자라난 우리는 고작 물건을 잃어버리는 일 따위에 흔들리지 않는다. 게다가 잃어버린 그 지갑에는 중요한 게 들어 있지도 않다. 단골 카페에 갈 때마다 잊지 않고 적립 카드에 도장을 받는 경우가 없거든.

"어머, 길 가다 토했는데
쓰다 만 휴지가 한 장도 없었어?
괜찮아, 우리 강아지.
어쨌든 속은 말끔히 비웠잖니."

엉망인 사람은 항상 불확실한 상태로
살아가기 때문에 아무리 뜻밖의 상황이
닥치더라도 결코 당황하지 않는다.
엉망인 사람은 언제든 침착하다.
온 세상 사람 앞에서 창피를 당하더라도
굴복하지 않지….
"저를 믿어주셔서 감사드려요!
수상 소감 원고를 도저히 못 찾겠네요….
그래도 다들 제 진심을 아실 거예요."

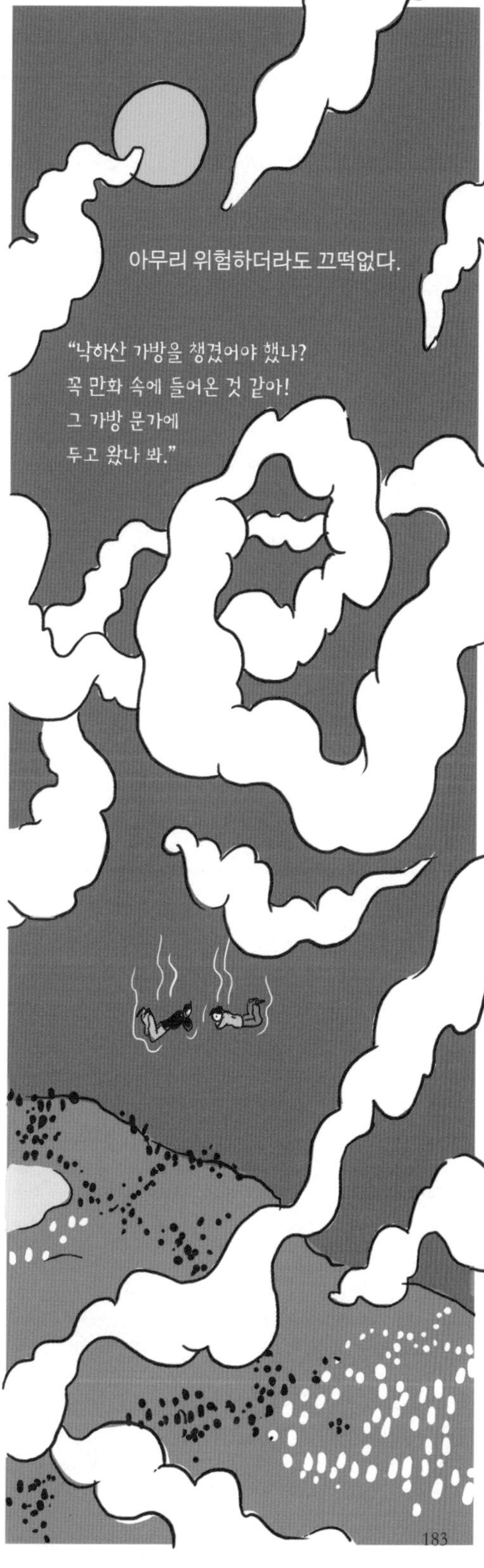
아무리 위험하더라도 끄떡없다.
"낙하산 가방을 챙겼어야 했나?
꼭 만화 속에 들어온 것 같아!
그 가방 문가에
두고 왔나 봐."

6. 회피와 속임수 초능력
끝날 줄 모르는 무질서와 건망증 탓에 엉망인 사람에게는 아직 갚지 못한 빚이 많다. 까먹고 답장하지 못한 메일부터 휴대폰 메시지까지 잔뜩 쌓여 있고 줄줄 밀려 있다.
자, 간다!
초등학교 2학년 때 도서관에서 동화책을 두 권 빌렸는데 아직도 반납을 안 했지 뭐야.

그러고 보니 도서관 책,
회사 유니폼,
이웃에게 빌린 조리도구도
돌려주는 걸 깜빡했네.
당연히 문제에 정면으로 맞서는 편이
더 옳기야 하지. 그래도 가끔은 슬쩍
피하는 편이 더 쉽잖아. 아니면 씨알도
안 먹히는 변명이라도 내밀거나.
친구한테서 청바지 빌려 입어놓고 돌려주는 걸
까먹었어. (사실은 진짜로 까먹은 건 아니다.
빨았더니 줄어들었더라고. 참 미안하네.)
애가 유치원에서
갈아입을 바지를
챙겨 보낸다는 걸
깜빡했어.
그 메일에 답을 안 보냈네.
(메일을 받았는지 묻는
두 번째 메일에도.)
1월-2월
청구서
보내는 것도
안 했구나.

이런 초능력이 별거 아니라는 건 나도 잘 안다
(차라리 염력이 훨씬 낫지). 초능력이 있다고
엉망인 사람의 인생이 대단해지는 것도 아니고.
그래도 조금은 위로가 된다. 게다가 우리의
삶이자 우리의 거실인 무질서 한복판에서도
콩알만큼의 안정을 얻을 수도 있다.

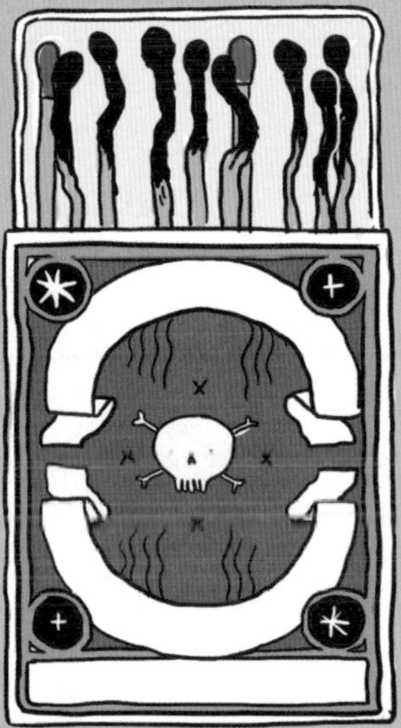

08

포기해야 할 때

인류 역사 내내 사람들은
엉망진창을 해결하려고 고군분투했다.

인생을 집어삼키려 드는 혼돈과
불확실성을 통제하려고 갖가지 발명품도
만들었다. 이를테면 공간을 구체적
방향으로 나누는 물건이 있다.

시간을 달과 해로 나누는 물건도 있고.

나중에 깜빡하지
않도록 메모지도
발명했다.
길을 잃지
않으려고
지도도 개발했고.
여기에 GPS랑
내비게이션까지
생겨났다.
사람들은 중요한 내용에 밑줄을 치고, 물건을
분류하고, 서류를 바인더에 집어넣고, 음식을
밀폐용기에 보관한다. 바인더든 밀폐용기든 내용물을
영원토록 지켜줄 테니까.
난 언젠가 덜렁대는
애벌레에서 깔끔하고
정리정돈 잘하는 근사한
어른 나비로 자라날 거야.
그래, 아주 오랫동안
그렇게 믿었지.

정리정돈을 잘하는 멋진
나비가 되고 싶다는
유치한 바람은 너무나도
당연하다. 앞에서
이미 말했던 것 같은데,
엉망인 사람으로 살면
진짜 진짜 힘겹다.
"머리가 어깨 위에
잘 붙어 있어서 다행이야."
같은 말보다 더
따분한 소리도 없잖아.

하지만 엉망인 사람이
체계적인 사람이 되겠다는 건
우수 비행사가 되겠다는
꿈을 품는 거랑 비슷하다.

남들보다 더 의존적이고 나약한 존재에서
스스로 인생을 통제할 힘을 지닌 어른으로
변신하기를 바란다니, 참 유치하다.
엉망인 시기가 끝나고 나면, 앞으로 남은
평생을 청소기와 사이좋고 행복하게
살아갈 거라는 믿음은 얼마나 순진해 빠졌는지.

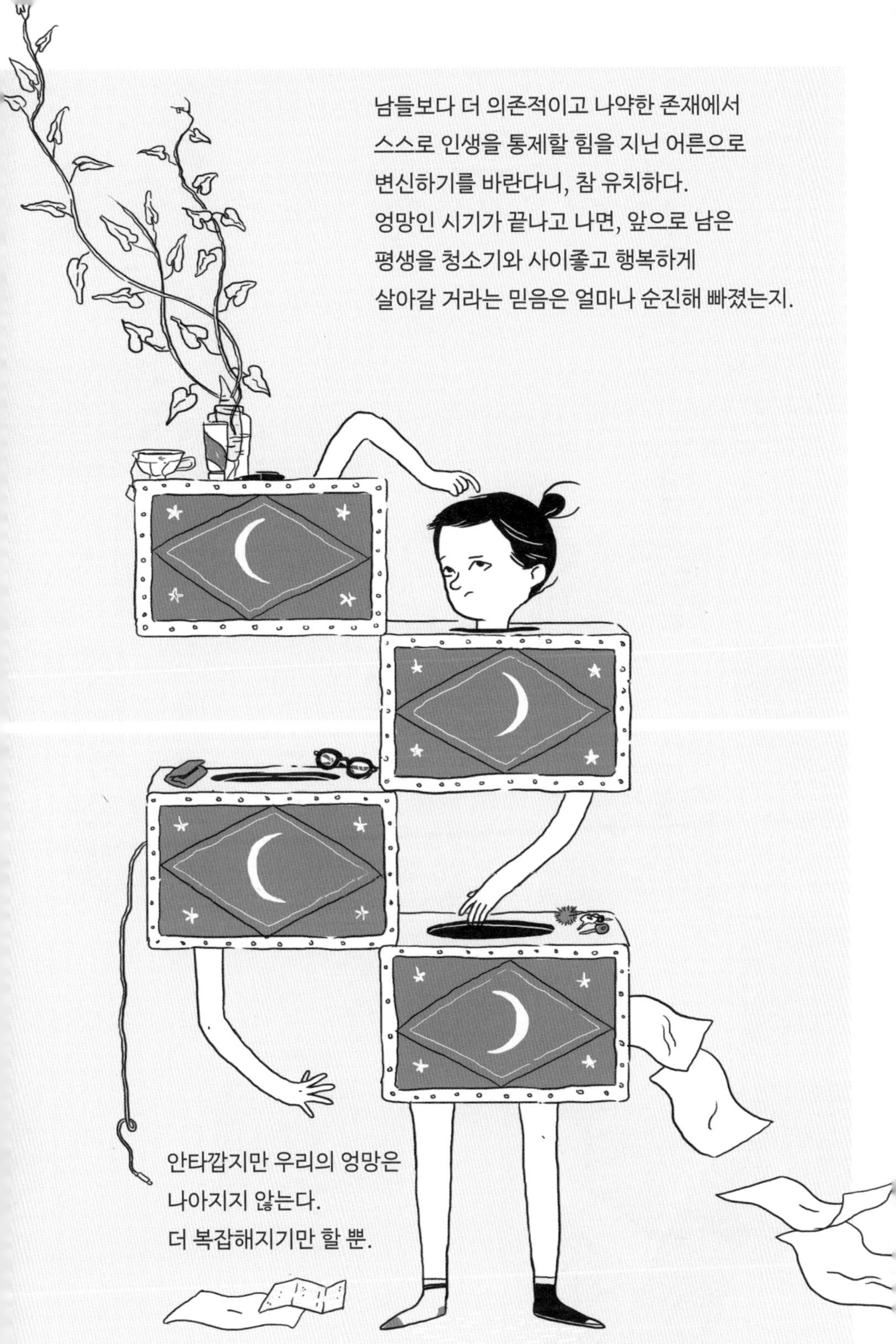

안타깝지만 우리의 엉망은
나아지지 않는다.
더 복잡해지기만 할 뿐.

아니, 더 심해진다고 할 수도 있다. 현대를 살아가는 성인은 일도 훨씬 더 많고, 책임도 훨씬 더 크거든. 물건을 어디에 뒀는지 잊어버릴 일도 더 많고. 어른이 되면 잃어버릴 물건도 더 많이 생기고, 깜빡 잊을 회의도 더 많이 생긴다. 그러면 머리가 어깨 위에 아직 잘 붙어 있어서 정말 다행이라는 걸 인정하지 않을 도리가 없다.

이런 상태에서 어떻게든 어른 구실을 하며 살아가려면 우리 자신의 한계를 알아차리고 더 큰 손해를 막아야 한다. 앞에서는 정리하지 않고도 정리하는 법을 최대한 활용하라고 권했지만(5장 참고), 우리가 반드시 실패하고 마는 일이 무엇인지도 이해해야 한다. 그런 일을 너그럽게 받아들이고, 포기해야 할 때가 언제인지 아는 것도 필요한 법이다.

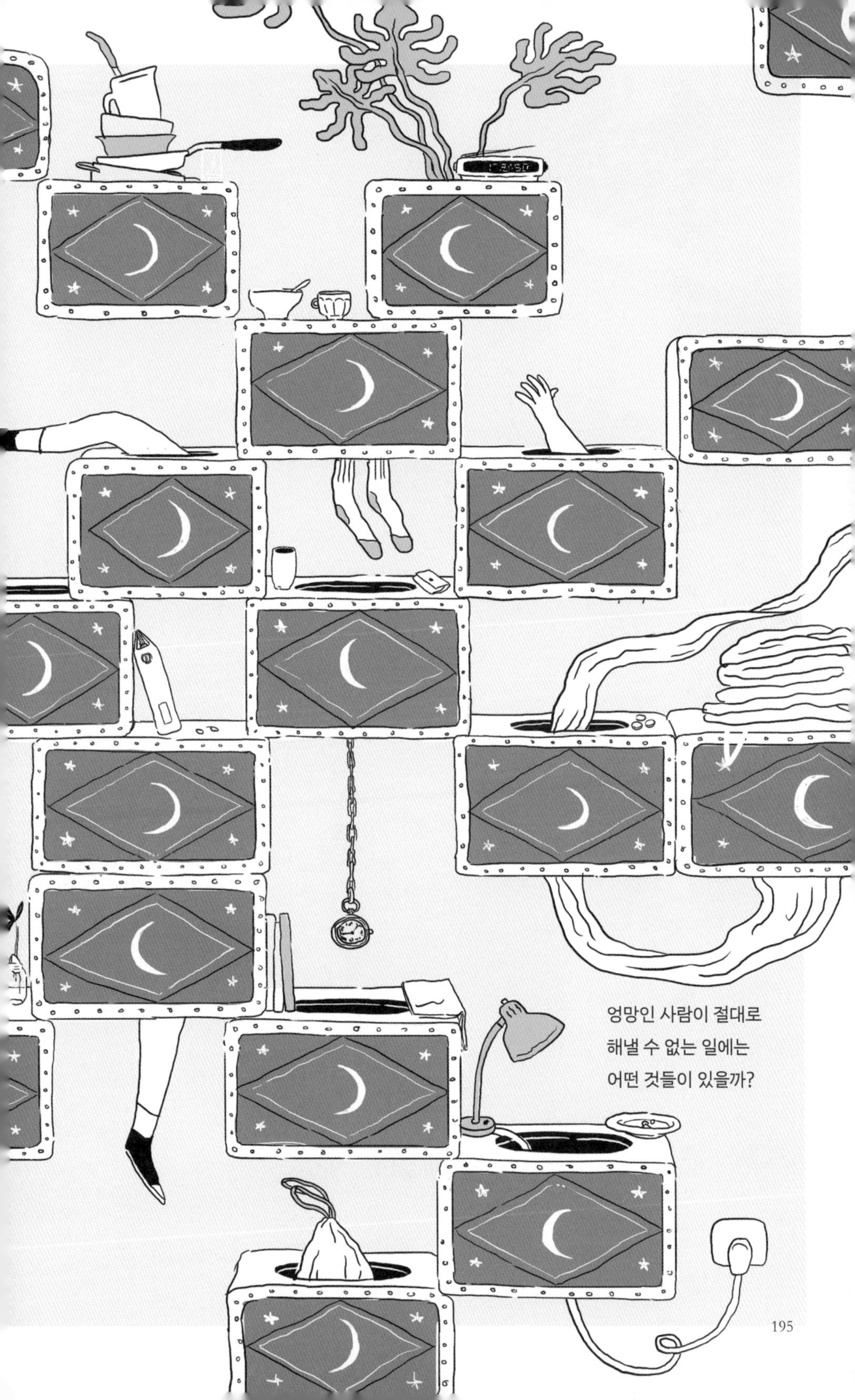

엉망인 사람이 절대로
해낼 수 없는 일에는
어떤 것들이 있을까?

1. 냉장고에 붙여놓은 교통 딱지 처리하기

틀림없이, 오늘날 교통 딱지를 받는 일은 과거에 있었던 처벌의 60% 정도밖에 안 된다. 옛날에는 공개 교수형이나 마을 광장에서 치르는 태형과 화형이 아주 인기 있는 형벌이었다. 인제 보니 딱지는 사람들 앞에서 자기 자신을 직접 채찍질하는 형벌을 모방한 게 아닌가 싶다. 여기에 참회 시도까지 보태서 말이야.

교통 딱지는 정말로 골치 아픈 물건이다. 하지만 딱지를 냉장고에 붙여놓으면,
처음의 충격은 스르르 사라지고 어느새 부엌이라는 배경 속에 자연스럽게 녹아든다.
벌금을 내서 그 딱지를 처리할 일은 절대 없을 것이다.
딱지는 영원히, 적어도 이사 갈 때까지는 냉장고에 남아 있을 테지.

언젠가 미래에는 푸드 캡슐이 식사를 완전히 대체해서
더는 냉장고가 존재할 필요가 없는 날이 올 것이다.
그렇더라도 냉장고는 오로지 교통 딱지를 붙이는 용도로 계속 생산될 것이다.

2. 휴지 사야 한다는 걸 기억하기

새로 포장된 두루마리 휴지 묶음을 보고 있으면, 앞으로 휴지가 바닥날 일은 절대 없을 것처럼 보인다. 그런데 휴지는 항상 예상보다 빨리 소모되더라.

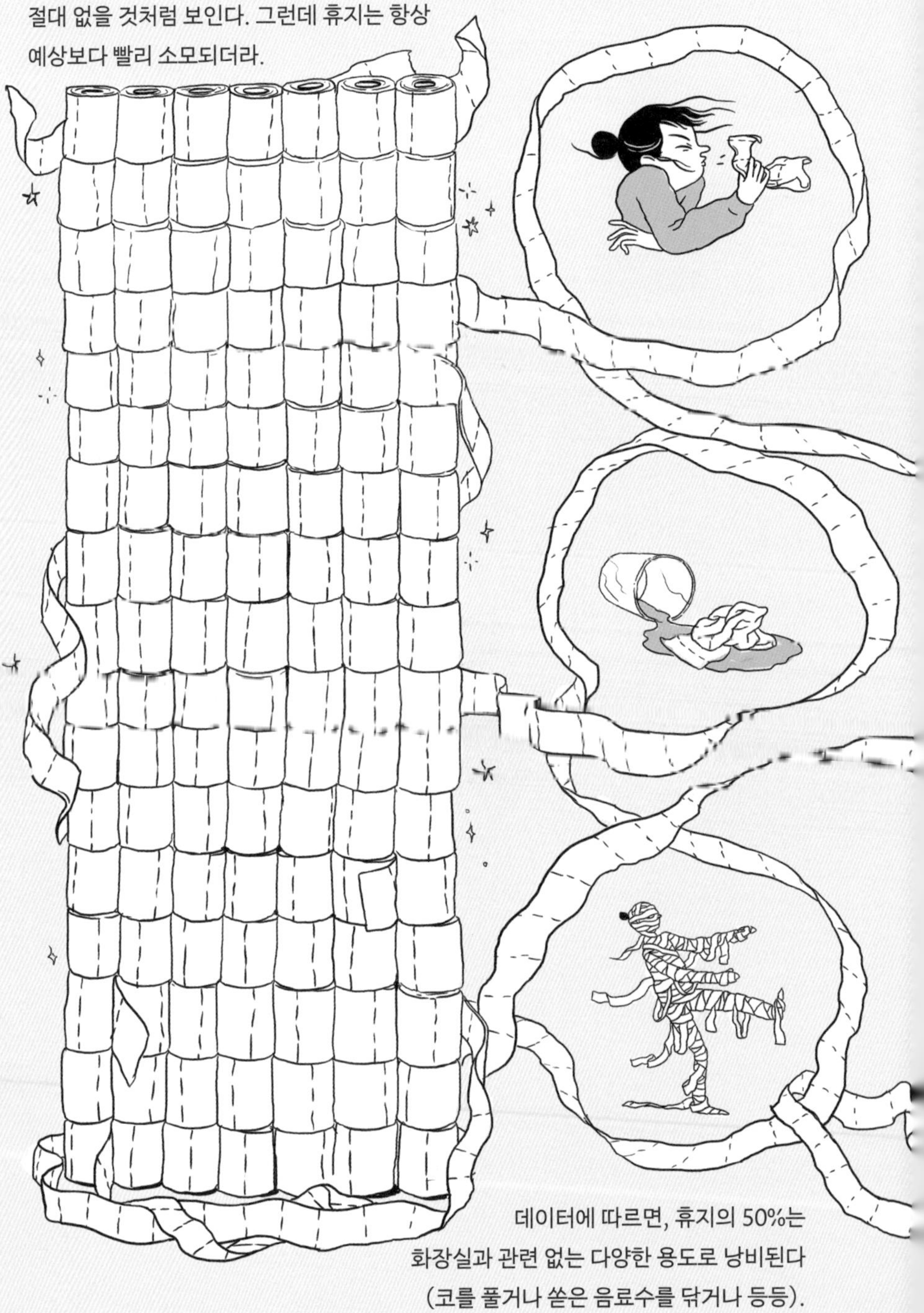

데이터에 따르면, 휴지의 50%는 화장실과 관련 없는 다양한 용도로 낭비된다 (코를 풀거나 쏟은 음료수를 닦거나 등등).

휴지가 떨어진 경우, 백이면 백 변기에 앉아서
그 사실을 깨닫는다. 꼭 금보다 더 소중한 그 새하얀 존재가
절실하게 필요할 때만. 휴지가 없을 때 대체품으로
권장할 수 있는 물건은 페이퍼 타월이라는 사실을 꼭 기억해두자.

어떤 사람들은 휴지 심에 붙은 마지막 한 칸을 최대한
활용하기도 한다. 물론, 이건 고결한 일이다.

3. 제때 빨래하기
빨래는 미루지 말고 제때 하는 게 좋다고 한다. 빨랫감이 잔뜩 쌓여서 세탁기를 연달아 돌렸다가는 나도 모르는 새에 늘어난 빨래를 한꺼번에 접이식 건조대에 널 수 없으니까.
휙
(하지만 우리 엉망인 사람들은 이런 일을 절대 겪지 않을 것 같다. 빨래를 한다는 건 다 마른 옷을 개어야 한다는 뜻이고, 옷을 갠다는 건 그걸 옷장에 집어 넣어야 한다는 뜻이잖아. 이렇게 글로 설명하는 것만으로도 벌써 지친다.)

콰당
쾅
우당탕
우당탕
한 번에 왕창 생긴 빨랫감을 어떻게든 건조대에 모두 널어놓는다고 해도 큰 문제가 또 생긴다. 건조대의 구조가 형편없어서 빨래가 마르는 데 오래 걸린단 말이지. 세탁기를 두 번 돌린 분량의 빨래는 건조대 위에 늘어진 채 습기를 가득 머금은 별난 구름을 피워 올린다. 그러면 옷에서도 퀴퀴한 쉰내가 나고, 실내도 습도가 올라가서 꿉꿉해진다. 드물긴 하지만, 건조대가 나한테 유달리 공격적으로 달려들 때가 있는데 그러면 부딪혀서 멍이 들기도 한다.
쾅

4. 시트를 매트리스에 단단히 고정하기

굳이 자세히 설명할 필요가 있을까. 침대 시트 갈기는 세상에서 가장 무시무시한 작업이다. 귀신 이야기도 시트 교체 작업에서 생겨났다는 말이 있던데. 시트가 불러일으키는 현상을 합리적이면서도 덜 섬뜩하게 설명할 이야기가 필요했던 거지.

베갯잇 갈기는 이불 커버를 갈기 전 마지막 리허설이나 마찬가지다.

시트를 갈다 보면 무엇이든 죄다 엉망이 된다는
사실을 유념하자. 대개는 우리가 너무 게으른 탓에
시트의 두 모서리를 동시에 팽팽히 당기지 않아서
그렇다. 그런데 그건 팔 길이가 평균밖에
안 되는 사람에게 무리한 요구 아닌가.

아, 생각해보니 베갯잇 갈기는
시트 교체 작업의 성공을 위한 리허설이 아니다.
시트 갈기의 실패를 미리 경험하는 것에 더 가깝다.

5. 싱크대 바닥 치우기

엉망인 사람 중 60%는 설거지를 마치고 싱크대 배수구 덮개에 쌓인 음식물 찌꺼기를 치우지 않는다. 이 현상의 심리학적 원인은 제대로 밝혀지지 않았다. 틀림없이 태곳적부터 이어진 보상 메커니즘 때문이 아닐까 싶다. 설거지했다는 사실에 너무 심취해서 음식물 찌꺼기를 치우는 일은 면제받을 자격이 있다고 생각하는 거지.

물론, 이틀이 지나면 음식물 찌꺼기는 정확히 고체도 아니고
액체도 아닌 이상야릇한 무언가로 바뀌어 있을 것이다.
찐득한 점액 같은 슬라임이라고나 할까. 가끔은 이 슬라임에서
미시 생태계가 발달하기도 한다. 우리와는 다른
도덕률과 자체 정신까지 갖추고서 말이지.

*중요한 사실 하나. “그대로 내버려 두기 전략”은
싱크대의 음식물 찌꺼기에는 통하지 않지만,
오븐에 넣어둔 채 깜빡한 팬에는 이 전략이 환상적으로 잘 먹힌다.

6. 침대 밑 공간 깨끗하게 유지하기

어렸을 적 밤마다 침대 밑에서 우리를 노리던
괴물은 사라지지 않았고, 다른 아이의
침대 밑으로 가지도 않았다.
다만 늘 침대 밑에서
굶주림에 시달리고 있는
엉망진창 괴물에게
잡아먹혔을 뿐.

침대 밑 엉망진창 괴물은 현존하는 잡동사니 더미 가운데 가장 극악무도하다.
침대 밑 공간은 파자마부터 길 잃은 양말까지, 우리가 밀어 넣은 물건들이
한데 뭉쳐 있는 곳인데, 세월이 흐르며 어린 시절의 추억과
가슴 아픈 이별의 기념품, 캠핑의 꿈 등등을
보관하는 미니 창고로 변해버렸다.

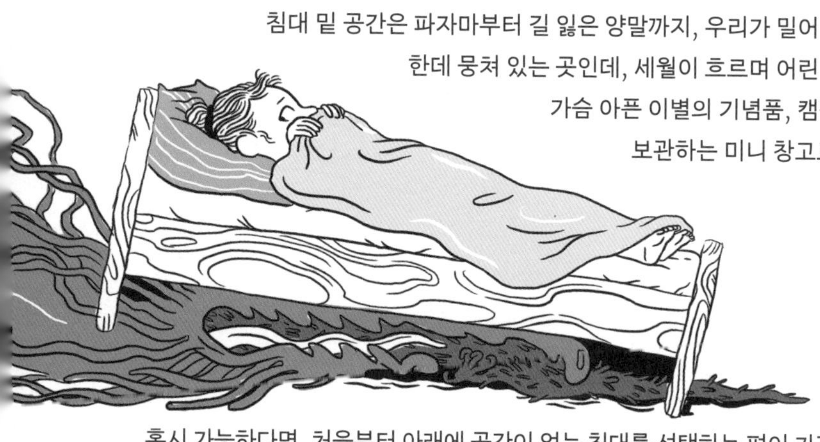

혹시 가능하다면, 처음부터 아래에 공간이 없는 침대를 선택하는 편이 가장 좋다.

7. 바닥에 떨어진 면봉 줍기

바닥에 떨어진 면봉 줍기는 아무도 못한다(체계적인 사람들조차 마찬가지다). 면봉 한 뭉치가 바닥에 떨어지면 그냥 이사해야 한다.

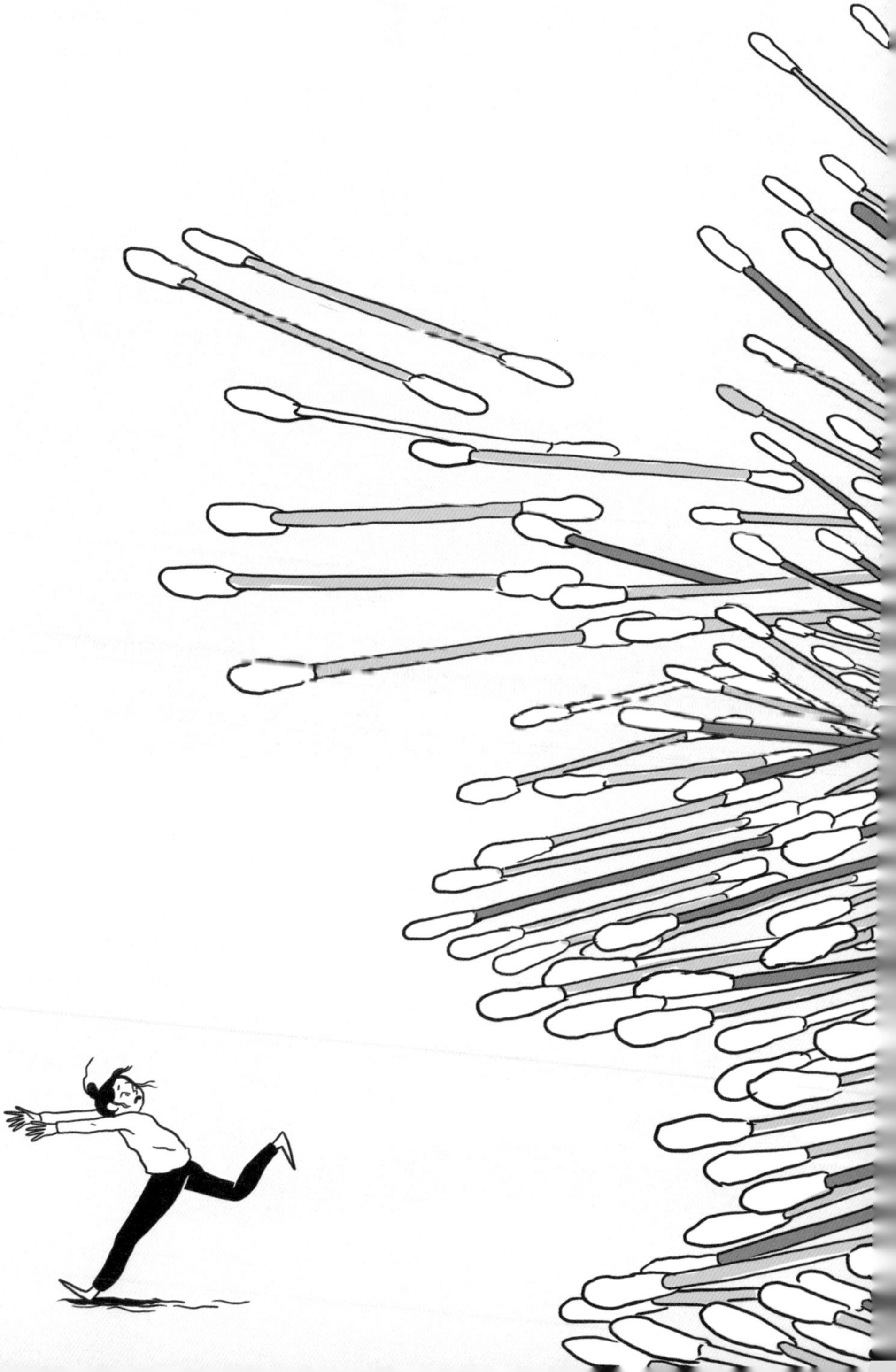

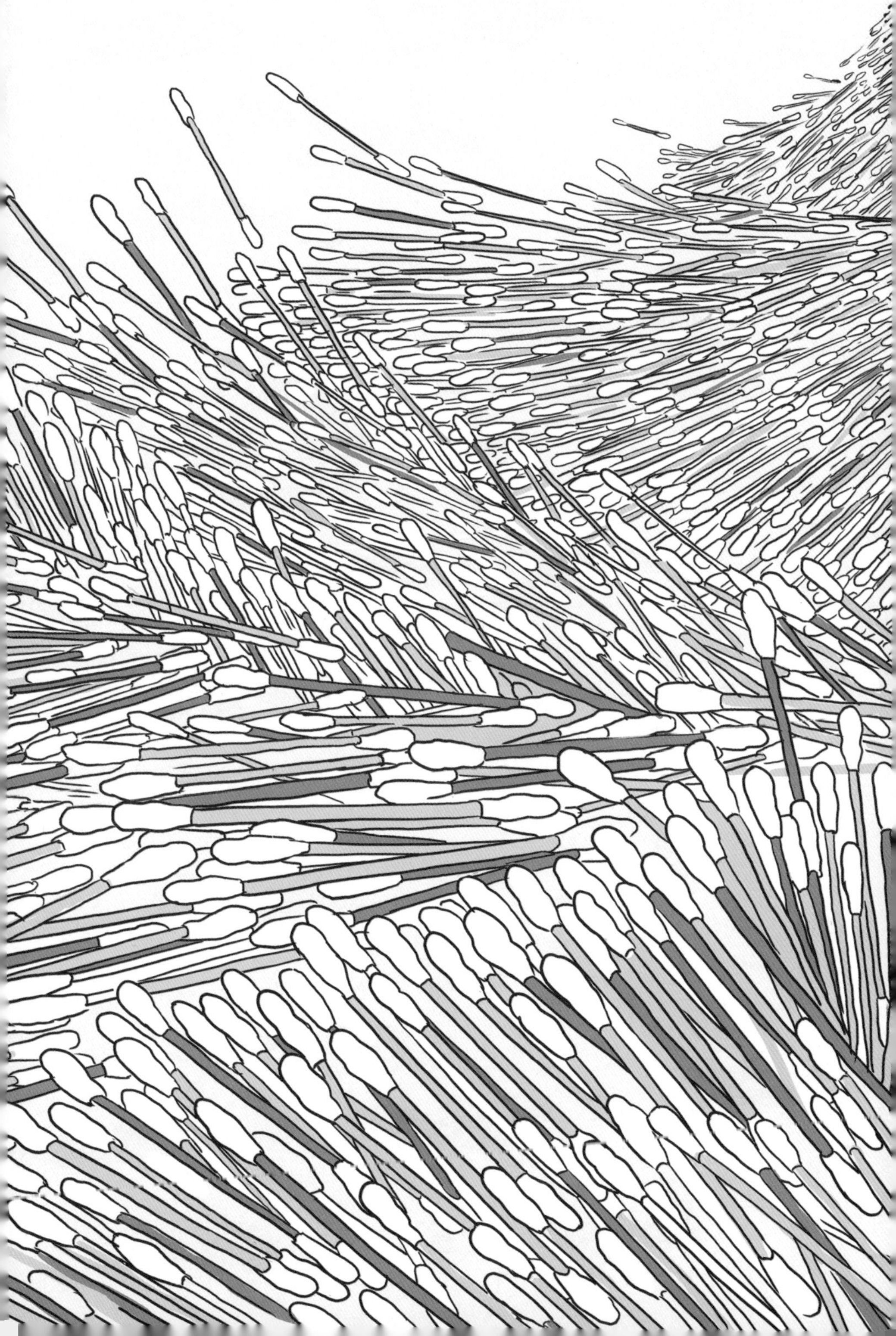

우리가 끝내 실패할 수밖에 없는 운명이라는
사실을 이해했다면, 그래도 충분히 괜찮다는
사실까지 받아들여야 한다. 어렸을 때는 인생이
마치 학교 행사 날짜를 착각한 탓에 홀로
의상을 입고 가는 일과 비슷하다고 느낄 수 있다.
하지만 어른이 되면 모두가 조금씩 엉망이라는 걸
기억해야 한다. 누구나 체계적인
사람인 척 이렇게 저렇게 변장하고
돌아다니거든.

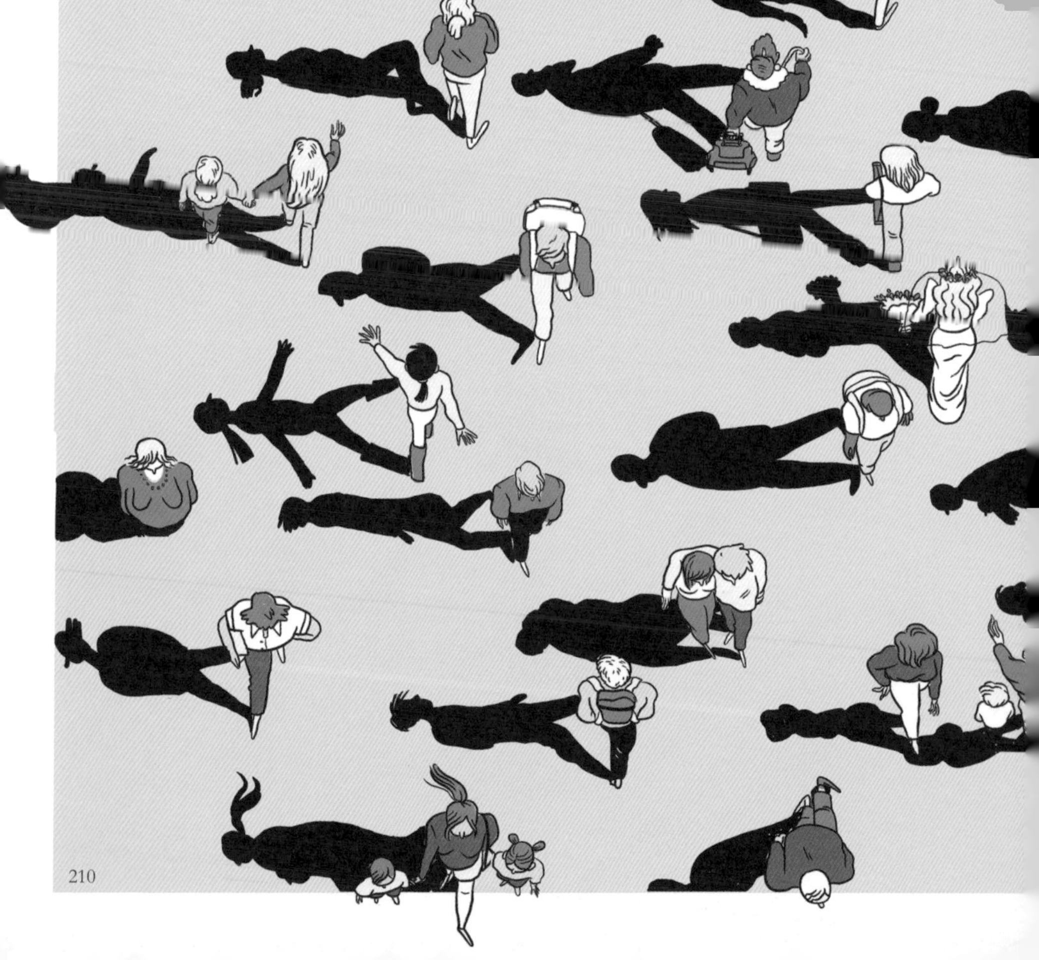

그리고 이제는 그 누구도
우리한테 방 좀 치우라고
명령할 수는 없다는
사실도 잊지 말자.

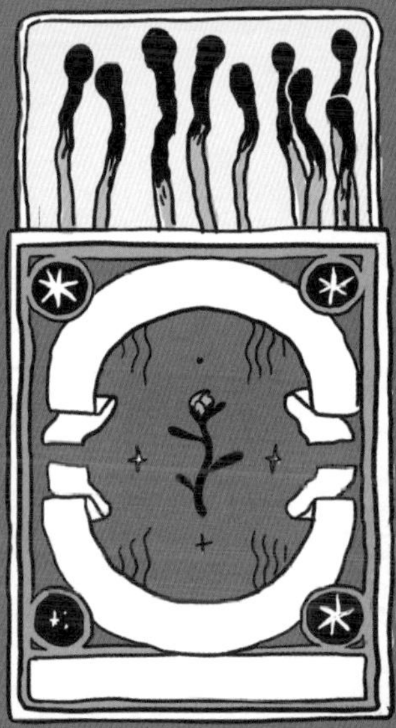

09

구원

지금쯤이면 여러분도 이 책이 평범한
가이드북이 아니라는 사실을 눈치챘을 것이다.
아무래도 사과를
드려야겠지.
이 책은 뭐든 개선할 방법을 알려주겠다고
약속하지 않는다.
내가 알려줄 수 있는 게 없으니까. 말한 대로 따라만
하면 건강해지고 정신이 초롱초롱 맑아지며 체계적인
사람으로 거듭날 거라고 장담은 할 수 없지. 우리는
여전히 우유 팩이 90%나 비었는데도 그대로
냉장고에 집어넣는 한심한 일을 하지 않겠다고
다짐하겠지만, 그러면 안 된다는 걸 알면서도
나약한 인간인지라 결국 빈 우유 팩을
또다시 냉장고에 집어넣게 될 거다.

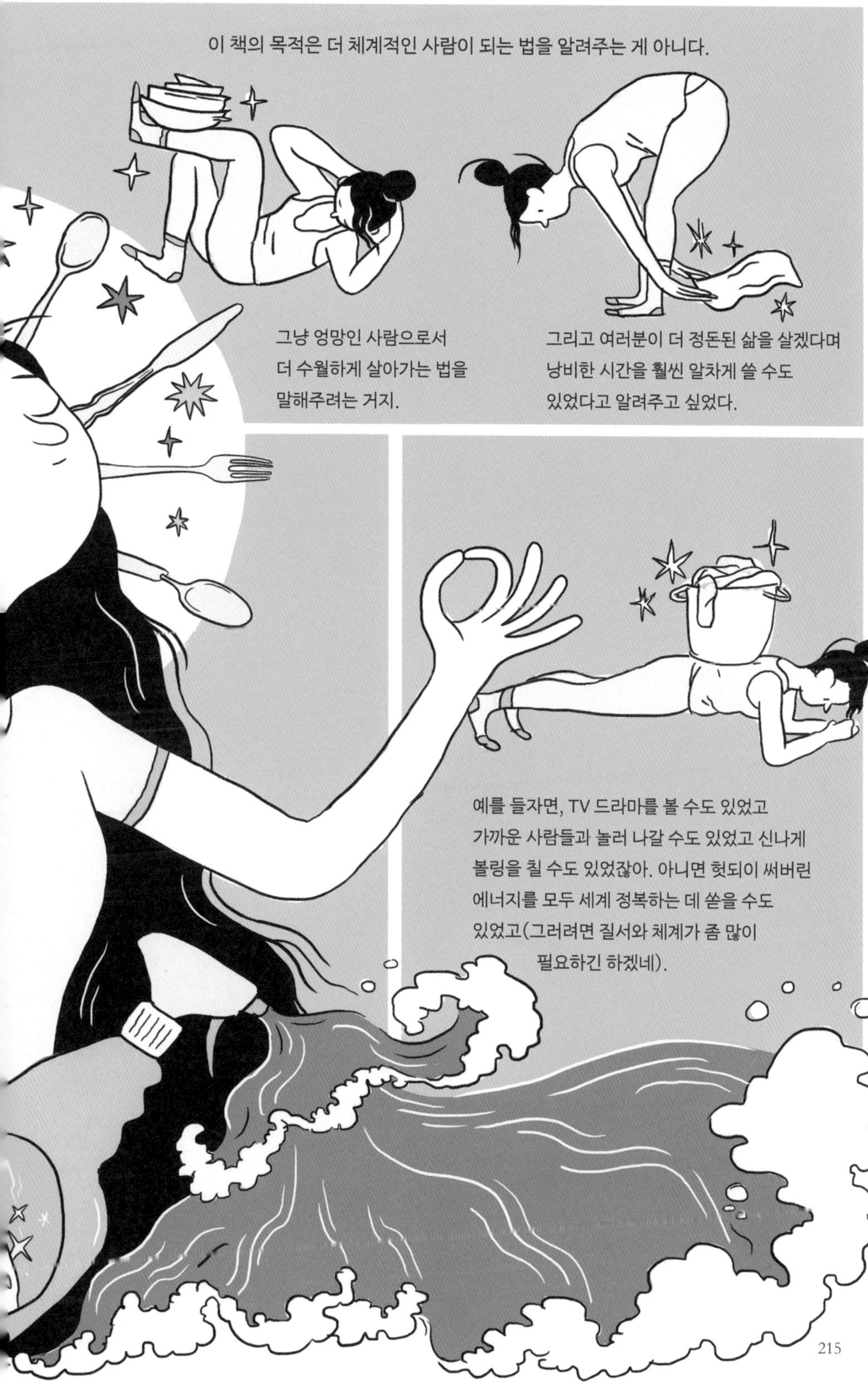
이 책의 목적은 더 체계적인 사람이 되는 법을 알려주는 게 아니다.
그냥 엉망인 사람으로서 더 수월하게 살아가는 법을 말해주려는 거지.
그리고 여러분이 더 정돈된 삶을 살겠다며 낭비한 시간을 훨씬 알차게 쓸 수도 있었다고 알려주고 싶었다.
예를 들자면, TV 드라마를 볼 수도 있었고 가까운 사람들과 놀러 나갈 수도 있었고 신나게 볼링을 칠 수도 있었잖아. 아니면 헛되이 써버린 에너지를 모두 세계 정복하는 데 쏟을 수도 있었고(그러려면 질서와 체계가 좀 많이 필요하긴 하겠네).

우리는 미니멀리즘을
강조하는 시대를 살고 있다.
지구를 구하려면 소비를 줄여야 한다는 사실은
잘 알고 있다. 적을수록 더 좋다는 사실도.
우리는 이미 너무 많은 걸 갖고 있는걸.
역사 속 시대에서는 온 문화가 뭐든 축적하려는
본능을 권장했지만 오늘날에는 그런 본능을
용납하지 않는다(특히 엉망인 사람들에게 치명적이다).
물건을 많이 사고 버리라는 말이 아니다.
다만 그저 잠시라도 손에 쥔 걸 놓아줄 수 있지는 않을까.

무덤에는 정말 아무것도 못 가져가잖아.
(어쩌면 휴대폰은 예외….)

너무 애쓰지 말고, 엉망이 우리 인생의 일부라는 사실을 너그럽게 받아들이자….
단점이 차고 넘치기는 해도 엉망진창은 집을 호텔이나 에어비앤비와는 다르게
만들어주는 비밀 요소이기도 하니까.

임시로 머무는 숙소는 언제나 깔끔한 법이다.

무슨 아파트가 이래….
그야 실제로 사는 사람이 아무도 없으니까.

그런 곳에서는 우리가 사랑하는 모든 것을 찾아볼 수 없다. 우리의 실패도, 취미도, 눈길을 사로잡은 신발도, 관심사도 없다. 우리가 사랑하는 사람들의 모든 것도 전혀 보이지 않는다.

그건 집이 아니다.

그렇지 않다고 반박할 사람도 있겠지.
하지만 사람들은 엉망으로 태어나는걸. 원래 다 그렇다니까.
우리 유전자에 새겨져 있다. 사람들은 엉망으로 태어나서 엉망으로 죽는다.

그러니까 우리가 할 수 있는 일은
정리정돈하느라 인생을
송두리째 낭비하지 않는 거다.